간들간들
마음여행

*의태어 해설은 표준국어대사전에 따랐으며, 여러 가지 의미 중 본 글에 어울리는 뜻을 적었습니다.

꿈틀꿈틀 마음여행

글 장선숙 / 그림 권기연

예미

시인보다 더 시인

장선숙의 『꿈틀꿈틀 마음 여행』
- 나태주 -

깜짝 놀랐습니다
시보다 더 시적인 산문
시인보다 더 감성적인 언어와
마음의 손길

이 사람 마음속에 처음부터
시인이 살고 있었던 겁니다
그것도 혼자만의 시가 아니라
더불어 살고 싶은 시

그렇습니다
이 사람은 혼자서만 잘나고
애당초 혼자서만 뻘쭘한
그런 시인이 아닙니다

더불어 시인이고
어울려 시인이고
여럿이 시인이고
멀리 아득히 함께 시인입니다

따라가 볼 일입니다.
손을 잡아 볼 일입니다.
먼 길을 자박자박 한 발씩
함께 가 볼 일입니다

분명히 아름다운 세상
눈부신 세상 기다리고 있겠지요
서로 어울려
마음 아프지 않은 나라 있겠지요

고마워요 함께 사는 세상
알려줘서 고마워요
마음속에 또 하나 지지 않는
꽃밭을 선물해 주어서 고마워요.

캘리그라피는 한글의 외출복이다.

원고를 펼치니 글자들이 또르르 굴러나옵니다. 지면을 벗어난 단어
는 또 다른 말들을 끄집어냅니다. 어떤 말은 어슬렁어슬렁 내 어깨 위로
올라가 으쓱으쓱 몸짓하며, 어떤 글은 가슴속으로 뭉클뭉클 파고들어
울먹거리게 합니다. 갈피마다 잊고 있던 우리 말들이 두런두런 얘기해
줍니다. 다음 장엔 또 어떤 말들이 있을까 궁금하게 합니다.

우리가 쓰는 한글은 아주 많은 말들을 글자로 쓸 수 있습니다. 그러
하니 어떤 움직거림은 그대로 말이 되고 글자가 됩니다. 문득 '한글만큼
의태어를 잘 표현할 수 있는 문자가 있을까?' 생각해봅니다. 결국 우리
의 의태어는 사계절을 겹겹이 살아가는 한국인의 삶이 됩니다.

말과 글은 생명과도 같아 탄생과 소멸을 겪습니다. 새로운 말들이 쏟

아져 나오는 이 시대에 가장 우리다움을 나타내줬던 말들이 사라지고 있습니다. 이 책을 읽으며 나는 내 기억에도 없는 많은 의태어를 만났습니다. 어떤 의태어는 가물가물하고 낯설기도 했습니다. 이만큼 살아온 나도 이러할진대 또 앞으로 얼마나 많은 우리 말들의 쓰임새가 소멸될까요?

책갈피를 넘기며 스멀스멀 입가에 미소가 떠오르기도 하고, '아! 이 말은 이런 의미였구나' 하며 오래 머물러 음미하기도 하였습니다. 이런 결과물은 장선숙 작가님의 깊은 깨달음과 삶에서 묻어 나온 것이니 글씨를 쓰는 저에게도 많은 가르침이 되었습니다.

좋은 글은 그 의미를 전달하기에 어울리는 활자나 글씨를 필요로 합니다. 활자보다 감성이 가득한 손글씨는 글을 더욱 빛나게 합니다. 저는 '캘리그라피(손글씨)는 한글의 외출복이다'라고 말합니다. 글과 함께 정감 있는 권기연 작가님의 손글씨는 이 책을 더욱 빛나게 합니다.

글씨 쓰는 이산 작가

차례

1장

추운 겨울에
나를 만났습니다.

2장

봄과 함께
설렙니다.

폭염과 장마에도
쑥쑥 커갑니다.

4장

가을 햇살과
함께 익어갑니다.

책을 시작하며

뒤척뒤척, 스멀스멀, 꿈틀꿈틀…
오랫동안 이 단어들이 맴돌았습니다.
논두렁, 숲길을 걷다가도, 일을 하다가도, 출퇴근하는 길에도 문득문득 떠올랐습니다.

갑작스레 덮친 큰 재앙으로 우리는 모두 시들해지고 있습니다. 건강과 긍정의 아이콘이라는 저마저 우울하고 불안해지고, 순간 분노가 치미는 걸 보면 다른 이들은 얼마나 고통스러울지 마음이 아팠습니다. 지친 우리에게 편안하고 예쁜 말과 그림으로 위안이 되고 힘이 되어주면 좋겠다는 생각과 그 가운데 작은 마음 하나 사부랑삽작 일어나 성장의 거름이 되면 좋겠다는 바람을 담았습니다.

사람들은 지쳐 일어나 앉을 수도 없는 우리에게 '일어나라' 하고 '걸어보라' 합니다. 그건 쓰러져 보지 않은 사람들의 일방적인 생각입니다.

저는 오랜 시간 소외된 이들 옆에서 좀 안다고 생각하고 있었는데, 그 생각 자체가 착각이었음을 알게 되었습니다. 정말 힘들 땐 '그저 뒤척거리는 것도 큰 용기가 필요하다'는 것을 알기까지 반백 년이라는 시간이 걸렸습니다.

그동안 우산을 씌워주었을 때 보지 못했던 것들을 함께 비를 맞고 걸어보니 조금은 알 것 같습니다.

그동안 앞만 보고 가느라 둘러보지 못했던 우리에게 따뜻한 쉼이 필요하다는 걸 알게 되었습니다.

우리를 쓰담쓰담해주고, 두근두근 설레게 하고, 덩실덩실 춤출 수 있게 해줄 무언가가 필요하다고 생각했습니다.

'주저앉아 있을 때 뭉그적거릴 수만 있어도'라는 바람을 담았습니다.

그것은
사계절 살아 숨 쉬는 자연이고
순수하고 감성 풍부한 동심이고
용기와 열정 닮은 사랑이고
이루고 싶은 꿈이고
더불어 행복하고 싶은 나눔이지 않을까? 생각했습니다.

저 깊은 서랍 속 묵은 일기장에 숨어있던 작은 이야기 한 토막으로 추억을 되새기고, 첫사랑처럼 설레고, 도란도란 함께 걸으며, 다복다복 나누는 삶을 꿈꾸며, 이 이야기들을 예쁘고, 귀엽고, 다정한 의태어들에 담아보았습니다. 정여울 작가님은 '의태어는 언어로 그림을 그리듯, 언어로 영화를 찍듯, 자음과 모음만으로도 우리 마음속에 놀라운 동영상을 만들어 낸다.'고 하셨습니다. 일상에서 자주 쓰고 듣던 말들이 있는가 하면 그저 국어사전에서 소곤소곤 잠자고 있던 녀석들도 있습니다. 그 단어 하나하나에 제 마음을 담아보았습니다. 그 낱말들이 갖고 있는 느낌과 모양을 통해 함께 끄덕거리고, 함께 그리다 보면 어느새 꿈틀거리고 있는 자신을 발견할 수 있으리라 생각합니다.

사계절이 있는 우리나라가 감사합니다. 한 계절을 보내고 또 다른 계절을 맞이하는 과정에서 우리는 더 성장하게 되는 것 같습니다. 씨앗을 뿌리기 전에 기름진 땅이 필요하듯이 꽃피는 봄을 위해 겨울을 잘 이겨내는 것이 중요하다는 생각입니다. 추운 겨울 따뜻한 아랫목에서 뒹굴며 잊고 있던 자기를 찾아보고, 봄이 되면 스멀스멀 싹을 틔워내고, 무더위와 장마와 태풍이라는 성장통을 이겨내야 가을엔 더 탐스러운 열매를 맺을 수 있지 않을까요? 그리고 맛난 열매를 이웃들과 나눌 때 기쁨은 배가 되리라 생각합니다.

'한 문장, 꽃 한 송이, 나무 한 그루를 어떻게 표현하면 좋을까?' 행복한 고민으로 근질거렸던 것처럼 그 설렘을 함께 나누고자 예쁜 캘리그라피에 살포시 마음을 얹었습니다. 함께 편안하고 뭉클거리고 두근거렸으면 좋겠습니다.

어느 날 책을 펴고 그때그때 눈길이 가고 마음이 가는 의태어 하나를 골라 읽어보면 어떨까 합니다. 어느 날 책장을 넘기다 눈길 닿는 예쁜 그림과 글씨를 보고 미소를 지을 수 있으면 좋겠습니다. 마음이 허전한 날, 그래서 누군가 그리운 날, 잠자고 있는 내 안의 영웅을 깨워보고 싶은 날, 좋아하는 이에게, 가족과 함께, 그리고 자신에게 한 장씩 도란도란 소리 내어 읽어주면 좋겠습니다.

　이 책과 함께 쉬고, 놀고, 돌아보고, 느끼다, 뒤척거리고, 스멀거리다, 꿈틀거리고, 경중경중 걷게 된다면 더욱 큰 기쁨이겠습니다. 누군가에게 쉼과 작은 힘이 되면 좋겠다는 간절한 마음을 담아봅니다. 감사합니다.

*사부랑삽작: 힘들이지 않고 가볍게 살짝 건너뛰거나 올라서는 모양

2021년 6월
장선숙

1장

·

추운 겨울에
나를 만났습니다.

쉬엄쉬엄 ✿

드르륵드르륵 커피 원두를 직접 갈고 있는 내게

"언제 그걸 손으로 갈고 있어요. 머신 하나 사든가 아예 갈아오면 편하죠." 합니다.

아직 커피의 종류나 관련된 제품, 내리는 방법도, 커피 맛도 잘 모르는 제가 유일하게 커피에서 고집하는 것은 핸드밀 그라인더입니다. 맛나게 볶아온 커피 원두를 적당량 덜어서 손으로 가는 맷돌 같은 도구인 것이죠.

바쁜데 왜 직접 가는 걸 고집 하느냐구요? 늘상 바쁘게 무언가를 하는 내게 잠시나마 눈을 감고, 드르륵드르륵 원두가 갈리는 소리를 들으며 커피 향을 즐기는 나만의 휴식시간이기 때문입니다. 주둥이가 아주 길고 가느다란 주전자를 통해 나오는 따뜻한 물을 골고루 그리고 천천히 붓고 또 자연스럽게 내려오는 걸 기다리는 시간은 큰 인내심을 요구합니다. 붓고, 내리고, 다시 붓고 내리며 맛있는 커피를 기다리는 시간은 제게 쉼과 명상입니다.

산악지대에서 염소를 돌보는 목동에게 힘이 되었던 작은 콩 하나가 이제는 별 다방, 꽃 다방, 해 다방에서 많은 이들에게 힘이 되고 있습니다. 따뜻한 커피 한잔의 여유, 작은 쉼이 더 크고 단단한 결과를 가져올 수 있습니다.

자! 이제 잠시 달리던 차를 세워 커피 한잔 주유하고, 꽃향기로 엔진에 기름칠하고, 봄바람으로 세차하고 다시 달려요.

그대가 가고 싶은 곳으로….

*쉬엄쉬엄: 쉬어가면서 천천히 길을 가거나 일을 하는 모양

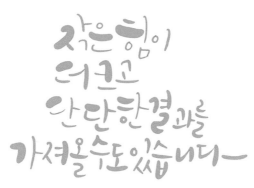

작은 힘이
더 크고
단단한 결과를
가져올 수도 있습니다─

'쉬엄쉬엄' 중에서

아장아장

누구에게나 처음은 두렵습니다.

아이는 처음 태어나던 날 따뜻한 엄마의 체온을 벗어나 맞이하게 될 세상이 두려워 울었습니다. 엉금엉금 기다가 아장아장 첫걸음을 뗄 때도 되똥되똥 금방이라도 넘어질 듯하여 엄마 아빠의 마음을 졸이게 했지요.

혼자 초등학교 입학식에 갔을 때도, 섬을 떠나 육지생활을 할 때도, 낯선 직장에서 한 번도 본 적 없는 우락부락한 사람들을 만났을 때도 두려웠습니다. 그러나 언제부터인지 일상으로 받아들이고 그러다 머무르고 심지어 후퇴하고 있는 자신을 보았습니다. 그런 저를 흔들어 깨웠습니다.

난생 처음 지역 직장인 탁구 시합에 참가하기 위해 경기장에 들어서며 하얗게 질려 벌벌 떨던 내게,

"우리 엄마 이겨라, 우리 엄마 파이팅"하던 아이들의 응원과, 다시 찾은 내 꿈을 위해 처음 강단에 서던 날 가족들의 응원 메시지가 들려옵니다.

어떤 일들은 능숙한 이에겐 일상이고, 하찮은 일이기도 하지만 처음 시작한 누군가에겐 아주 특별하고 어려운 일일 수도 있습니다. 쉽지 않겠지만 뭉그적뭉그적 무거운 엉덩이 들어 올려 아장아장 걸음마 하는 아이처럼 용기내는 오늘이길 기원합니다.

*아장아장: 키가 작은 사람이나 짐승이 이리저리 찬찬히 걷는 모양

어떤 일들은
능숙한 이에겐
일상이지만
처음 시작한
누군가에겐
아주 특별하고
어려운 일일 수도
있습니다

'아장아장' 중에서

무럭무럭 🌸

　　남도 조그만 섬마을 숙이네 집 마당엔 겨울비가 내리고, 숙이는 마루에 걸터앉아 빗소리를 들으며 건넛산을 보고 있습니다. 으슬으슬하여 안방에 들어오니 아랫목 귀퉁이에 한 녀석이 이불을 덮고 웅크리고 있습니다. 이 녀석은 누구일까요?

　　까만 시루에 노랗게 불린 콩들이 얌전히 앉아있습니다. 그 아이들에게 하루에 한 바가지씩 천천히 그리고 골고루 물을 뿌려줍니다. 그 물들은 곧 시루 아래로 쪼르륵 흘러내립니다.

　　"엄마 물이 다 빠져버리면 콩나물이 어떻게 자라요? 시루 구멍을 막아야 하지 않을까요?"
　　"아니야, 그러면 콩나물은 잔뿌리가 많아지고 곧 썩어버린단다. 금방은 물을 주면 다 빠져버리는 것처럼 보이지만 매일매일 한 바가지의 물을 골고루 촉촉이 적셔주면 콩나물들은 그 습기와 정성을 먹으며 조금씩 자란단다."

　　'아! 그럼 나도 매일 새로운 물을 주면 콩나물처럼 무럭무럭 자라겠구나.'

*무럭무럭: 순조롭고 힘차게 잘 자라는 모양

나에게도
매일
새로운 물을 주면
콩나물처럼
무럭무럭
자라겠구나

'무럭무럭' 중에서

쫄래쫄래

"아이고 요것 봐라, 하는 것 봉께 너도 느그 아부지 똑 닮았다 잉."

아이를 데리고 보육시설 김장 봉사를 갔습니다. 다른 분도 제 딸 또 래 여자아이를 데려오셨습니다. 어른들이 김치 담그느라 바쁜 시간 자연스레 두 아이는 동무가 되었습니다. 집으로 돌아오는 길 "엄마, 아까 그 친구랑 약속했어. 우리도 엄마처럼 크면 같이 봉사하기로."

아이들이 만 16살 생일날 내민 작은 종이는 '생애 첫 헌혈증서'였습니다. 엄마아빠가 가끔 헌혈하는 모습을 닮고 싶었나 봅니다. 어떤 분은 수시로 메모하고, 그림 그리고, 오려 붙이는 자신의 모습에서 어린 시절 아빠의 모습을 보았다고 합니다. 어떤 분은 절대 닮고 싶지 않았던 아빠의 모습을 닮아 있는 자신을 돌아보며 소스라쳤다고 합니다. 다정다감한 남자친구의 모습을 보고 궁금했는데 그 친구 부모님이 살아가는 모습을 보고 고개를 끄덕였다고 합니다.

'아이들은 부모의 등 뒤를 보고 자란다'라는 말이 생각납니다. 아이들은 '부모가 말한 대로'가 아니라 '부모가 행동하는 대로' 하게 됩니다. 부모님의 일상이 우리 아이들이 닮아가는 모습이라 생각합니다.

*쫄래쫄래: 작은 동물이나 사람이 뒤를 졸졸 따라 다니는 모양을 일컫는 전라도 방언

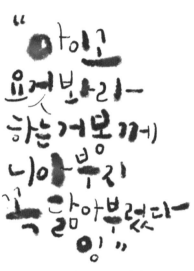

"아이고
요것봐라~
하는거봉께
니아부지
꼭 닮아부렀다~
잉"

'쫄래쫄래' 중에서

넘실넘실

우리 섬에서 가장 높은 선왕산을 지나야 갈 수 있는 저 고개 너머에 바다가 있었습니다. 그 바다는 이쪽 마을 아이들과 저쪽 마을 아이들만 알 수 있는 보물 같은 곳이었지요. 이쪽 산 중턱에 있는 사찰에선 여름 불교학교 한다며 솥단지를 들고 아이들과 그 해변 모래사장으로 소풍을 갔고, 저쪽 마을 교회에선 여름성경학교 한다며 소풍을 오곤 했었습니다.

그 바닷가 위쪽 산에는 여름엔 연노랑 원추리가 산들산들 춤을 추었고, 간혹 흰색, 보라색 산도라지도 하늘하늘 손짓하곤 했습니다. 산이 바다를 포근하게 보듬어 주었고, 멀리 바다에서 너울너울 몰고 온 파도는 큰 바다의 소식들을 들려주곤 했습니다. 그 바다 위쪽 낭떠러지 같은 능선으로 올라가면 저 멀리 칠발도가 보이고, 그쪽으로 뉘엿뉘엿 해가 질 때면 서둘러 산길을 넘어 집으로 돌아와야 했었습니다.

40년이 지난 후에야 산 넘어 바다를 함께 가곤 했던 친구와 그 능선 길에 섰습니다. 산등성이 따라 내려오던 해는 어느새 잔잔하면서도 붉고 푸른빛만 바다 위에 남겨두고 숨어버렸습니다.

"조금만 더 빨리 갔더라면 일몰을 볼 수 있었을 텐데…."

"아니야. 오늘 지는 저 해는 내일 더 붉게 타오르기 위해 잠시 쉬러 간 거야."

가끔 지나간 것들이 아쉽고 안타까울 때가 있습니다. 우리 그 아쉬움들을 다시 넘실넘실 떠오르는 해마냥 밝고 따뜻하게 가꿔보면 어떨까요?

*넘실넘실: 물결 따위가 부드럽게 자꾸 굽이쳐 움직이는 모양

더불게
타오르기
위해

'넘실넘실' 중에서

다보록다보록

　사람들은 마음속에 동그란 마음 항아리를 갖고 있습니다. 그 항아리는 늘어나거나 줄어들지도 않고 항상 고만고만한 크기입니다. 내가 미칠 듯이 행복해도, 내 가슴이 두근두근 터질듯해도 커지거나 늘어나지 않고, 너무 속상하고, 초라하고, 쥐구멍이라도 들어가고 싶은 마음일 때도 그 항아리는 작아지지 않습니다.

　단지 기쁨과 행복이 가득할 때는 슬픔과 불행이 설 자리가 줄어들게 되고, 억장이 무너지는 슬픔이나 누군가를 위한 분노가 들끓을 때는 기쁨이나 행복이 끼어들 틈이 없게 됩니다. 이미 마음속 깊이 숨어있는 것들, 아픈 상처들이 쌓여 있다면 한번 들여다보고 인정해주고 꺼내어 살살 달래 보는 건 어떨까요?

　"이미 시꺼멓고 딱딱하게 굳어 보이지도 않은 걸 왜 일부러 꺼내야 하죠?"
　"부드럽고 따뜻한 마음의 씨앗들은 까맣고 딱딱하게 굳어있는 곳에선 싹이 트기 어려우니까요. 굳은 것들을 살금살금 꺼내어 쓰다듬어 날려버리고, 내 마음의 항아리에 보드라운 흙을 깔고 예쁜 꽃씨 뿌려 소담스런 꽃송이로 키워보면 어떨까요?"

　그동안 잊고 있었던 설렘, 고마움, 충만함, 감동들을 내 마음 항아리에 다보록다보록 담아보아요.

*다보록다보록: 풀이나 작은 나무 따위가 여럿이 다 탐스럽게 소복한 모양

마음항아리에 꽃씨 뿌려
소담스런 꽃송이로
키워보면 어떨까요?

'다보록다보록' 중에서

꾸벅꾸벅

안개 속을 걸었습니다. 앞이 보이지 않았고, 옆도 보이지 않았고, 심지어 하늘조차 보이지 않았습니다. 무엇을 향해 걷고 있는지, 무엇을 찾아야 하는지 아무것도 잡히지 않고, 아무것도 보이지 않아 그 자리에 그만 털썩 주저앉고 싶었습니다.

그럼에도 불구하고 묵묵히 걸었습니다. 내가 생각하는 방향이라고, 내가 생각하는 그 길이라 생각하고 몇 날 며칠을 더 걸었습니다. 그러던 어느 날 감실감실 거무스름한 물체가 보이는 듯했습니다. 그래서 그 무언가를 잡기 위해 조금 더 걸었습니다. 며칠을 더 걸었더니 그 물체를 손에 잡을 수 있었습니다.

아무것도 보이지 않은 안개 속을 걷는 듯 막막했습니다.
그땐 그냥 주저앉고 싶었습니다.
힘들죠?
그래도 일어나 한 걸음만 떼어봅시다.
한 발짝만 더 걸어봅시다.
누군가의 따뜻한 손이 기다리고 있을 겁니다.

*꾸벅꾸벅: 조금도 어김없이 그대로 계속하는 모양

힘들죠?
그래도 일어나
한걸음만
떼어봅시다
한발짝만
더 걸어봅시다

'꾸벅꾸벅' 중에서

들먹들먹 🌹

어렸을 때 만화영화로 재밌게 보았던 '빨강머리 앤'을 지천명이 되어서야 책으로 보게 되었습니다. 그때는 작가조차 알지 못했었는데, 이번엔 원작자와 번역가, 출판사, 삽화 등을 꼼꼼하게 비교하며 선택하게 되었습니다. 그땐 그날그날 텔레비전 화면에 푹 빠져 내가 주인공 앤의 마음으로 보았다면 지금은 앤 곁에 또 하나의 앤으로 볼 수 있었습니다.

앤이 기차역에서 자신을 데리러 올 사람을 기다리는 순간부터, 마차를 타고 초록 지붕 집으로 오는 길 따라 함께 두근거리기 시작했습니다. 그녀의 무한한 호기심과 상상력은 직접 다가가 만져보고 느끼게 합니다. 그리고 말하고 행동하게 합니다. 앤은 자신의 외로움을 오히려 다른 사람들과 자연에게 이름을 붙여주며 함께 호흡하는 것으로 승화합니다.

이미 앤이 오기 전부터 설레었듯이 마지막 장을 덮고 나서도 흥분은 좀처럼 가라앉지 않습니다. 앤과 함께 아파하고, 설레고, 노력하고, 사랑하다보니, 앤의 설렘이, 앤의 호기심이, 앤의 순수함이 내 마음을 들썩입니다.

문득 행복 여행을 떠나보면 어떨까 생각합니다. 내가 가장 순수하고 행복했던 그때 내 옆에 있었던 사람, 그때 읽었던 책, 그때 보았던 영화, 그리고 그 장소를 찾아보면 어떨까요? 잠시 잊고 있었던 행복 한 줌 주워 올 수 있지 않을까요?

*들먹들먹: 마음이 잇따라 설레는 모양

34 _____

잠시
잊고있었던
행복한줌
주워올수
있지않을까요?

'들먹들먹' 중에서

희끗희끗

겨울이 다가올 무렵이면 낮고 검게 드리워진 하늘을 자꾸만 바라봅니다. 일부러 무언가에 몰입하려 애써 보지만 눈길은 자꾸 하늘로 향합니다. 무심한 하늘은 애타게 기다리는 내 맘을 아는지 모르는지 소식이 없습니다.

첫눈은 벙어리 냉가슴으로 안절부절 못하는 애타는 마음도 모른 척 올 듯 말 듯 꼼지락거립니다. 그런 첫눈을 기다리다 지쳐 잠이 듭니다. 아침에 일어나 창밖을 보니 여기저기 희끗희끗합니다. 나도 몰래 그 님이 살짝 다녀갔나 봅니다.

첫눈은 그래야 하나 봅니다. 오랜 시간 꿈꾸다 허망하게 한숨으로 돌아서는 내 마음속 첫사랑처럼 그렇게 살짝궁 다녀가야 하나 봅니다.

아직 첫눈을 기다리는 사람은 오지 않은 누군가를 기다리는 사람입니다. 아직도 첫눈을 기다리고 있는 사람은 누군가를 잊지 못하고 기다리는 사람입니다.

*희끗희끗: 군데군데 흰 모양

아직도
첫눈을 기다리고
있는 사람은
누군가를
기다리는
사람입니다

'희끗희끗' 중에서

darak

뒤적뒤적

무언가, 어딘가 잘 보관한 것 같은데 보이지 않습니다. 가끔 물건을 잘 챙겼는데 생각나지 않을 땐 너무 답답하고 속상합니다. 얼마 전에도 누군가 만날 때 주려고 산 선물을 서랍 어딘가에 잘 보관한 것 같은데 정작 필요한 때 보이질 않습니다. 이 서랍 저 서랍 열어보다 한 서랍 앞에 쭈그리고 앉았다 다리가 저려서야 일어섰습니다.

아주 낡은 영어단어장과 시와 문장들을 옮겨 적었던 메모장이었습니다. 영어단어장은 학교 오가는 길에 늘 들고 다니던 걸 이중으로 포장했었고, 메모장은 책을 보다 옮긴 문장들과 친구들 편지에 쓰여 있던 시들이 연필로 적혀있었습니다.

내친김에 그 옆 서랍도 열었습니다. 아직도 버리지 못한 편지들이 수북합니다. 남편, 아이들, 언니, 친구들, 선생님, 동료들, 수용자들, 이름도 기억나지 않는 사람들… 그토록 많은 마음들을 받아서 이렇게 한구석에 차곡차곡 숨겨 놓기만 했었나 봅니다. 한동안 닫혀있던 서랍을 열어 추억을 끄집어냈으니 이제 답장을 써야겠습니다.

'잘 있다'
'보고 싶다'
'고맙다'고.

*뒤적뒤적: 물건들을 이리저리 들추며 계속 뒤지는 모양

'잘 있다고
'보고 싶다'고
'고맙다'고

'뒤적뒤적' 중에서

가만가만 🌱

　언제부터인가 휴대폰은 뗄레야 뗄 수 없는 우리의 분신이 된 듯합니다. 때로는 눈이 되고, 귀가 되고, 기억이 되기도 합니다. 휴대폰의 다양한 기능 중 제가 가장 좋아하고 잘 활용하는 기능은 카메라입니다. 오히려 휴대폰 카메라가 발달하면서 애써 기억하고 머무르기보다 얼른 찍고 잊어버리기도 한다지만 많은 이들은 행복한 순간을 담고, 더 오래 기억하기 위해 사진을 찍곤 합니다.

　사진에 대해서도, 카메라에 대해서도 잘 모르지만 많이 찍다보니 깨달은 게 있습니다. 아이들과 대화할 때 몸을 낮춰 눈맞춤 하듯 사진도 그 사물을 가장 잘 찍을 수 있는 각도와 자세로 찍어야 한다는 것입니다. 늘 내가 찍기 편한 곳에서 찍었던 사진보다 피사체에 맞춰 무릎을 구부리고, 나무 아래서, 꽃 뒤쪽에서, 빛의 강약을 조절하면서 찍었던 사진이 훨씬 멋스러웠습니다. 꽃이 주인공이 될 때도 있지만 때로는 꽃보다 하늘이 주인공이 될 때도 있습니다.

　소소한 일상들을 찍는 각도에 따라, 찍는 이의 감성에 따라 사진이 달라짐을 알 수 있었습니다. 세상살이도 마찬가지인 듯합니다. 우리 앞에 당면한 상황을 어떤 틀, 어떤 눈으로 보느냐에 따라 달라지는 것 같습니다.

　우리는 어떤 모양 틀로 세상을 보면 좋을까요?

*가만가만: 움직임 따위가 드러나지 않도록 조용조용

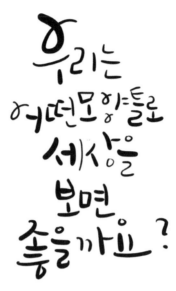

우리는
어떤모양틀로
세상을
보면
좋을까요?

'가만가만' 중에서

darak

오싹오싹

크리스마스이브 날 꼭 한번 태종대 자살바위를 가보고 싶다는 친구와 밤기차를 타고 부산을 갔습니다. 왜 그곳에 가고 싶은지 물어도 '그냥 가보고 싶다'고만 했을 뿐 부연설명은 없었습니다.

깎아지른 듯한 절벽과 남해바다의 푸른 물결은 정말 뛰어들고 싶도록 매혹적이었습니다. 겨우 그 유혹을 물리치고 해운대로 방향을 돌렸습니다. 낭떠러지 같은 태종대 대신 완만한 해운대에서는 바다에 들어가도 좋다는 조건이었습니다. 죽고 싶을 만큼 힘든 고통을 겨울바다는 씻어버릴 수 있을 거라는 생각이었나 봅니다. 크리스마스이브 날 친구와 함께 해운대 앞바다에 옷을 입은 채 들어갔다가 한참 후에야 나왔습니다. 아직 잘 살고 있는 걸 보면 그때 겨울 바다에 우리의 고통이 모두 씻겨 내려간 걸까요?

오랜 전설의 자살바위가 있었던 곳에 전망대가 생기고 모자상이 생겼다고 합니다. 어쩌면 가장 살고 싶은 곳이 죽기에도 가장 좋은 곳일 수도 있다는 생각이 듭니다. 삶을 마무리하고 싶었던 곳에서 다시 한번 가족과 사랑하는 사람들을 생각하며 새롭게 살아갈 마음을 내어 보는 것, '위기에서 기회'로, '자살에서 살자'로 바꾸기 위해 이번에는 그 친구와 다시 태종대에서 새해 일출을 맞이해보는 것도 좋을 것 같습니다.

*오싹오싹: 몹시 무섭거나 추워서 자꾸 몸이 움츠러들거나 소름이 끼치는 모양

삶을
마무리하고
싶었던곳에서
새롭게삶
을꿀마음을
내어본
것

'오싹오싹' 중에서

사부작사부작

뜨거운 여름날 엄마가 내준 여름방학 숙제는 고구마밭 김매기입니다. 빨리 숙제 끝내고 친구들이랑 놀고 싶은데 고구마밭 이랑은 왜 이리 길고 날씨는 덥기만 한지 시작하기 전부터 막막합니다.

"엄마! 이 많은 걸 언제 다하고 놀아? 친구들은 아까부터 놀고 있단 말이야." 나는 온 힘을 다해 몸부림치는데도 아직 그 자리인데 엄마는 벌써 이랑의 중간쯤 가고 계십니다.

게으름을 피우고 있는 막내딸에게 엄마는 말씀하십니다.

"사람 눈이 제일 게으르단다. 해야 할 일들을 보기만 하면 절대 줄어들지 않아. 손과 발처럼 부지런히 움직여야 해. 손으로 살살 흙을 만지고, 맨발로 밟아보고, 고구마 줄기가 부러지지 않게 이쪽저쪽으로 조심스레 넘기면서, 굼벵이에 놀라기도 하고, 매미소리, 사각사각 호미질 소리를 즐기며 사부작사부작 하다 보면 넌 어느새 고랑 끄트머리쯤 가고 있을 거야."

미하엘 엔데의『모모』에서 도로 청소부 베포는 이렇게 말했습니다.

"한꺼번에 도로 전체를 생각해서는 안 돼, 알겠니? 다음에 딛게 될 걸음, 다음에 쉬게 될 호흡, 다음에 하게 될 비질만 생각해야 하는 거야."

새삼 너무 멀리 보이는 것, 너무 높이 있는 것만 바라보다 정작 한 걸음도 떼지 못하고 주저하고 있는 건 아닌지 돌아봅니다.

*사부작사부작: 별로 힘들이지 않고 계속 가볍게 행동하는 모양

너무 멀고
높은 것만
바라보다 정작
한 걸음도
떼지 못하고
있지는 않나요?

'사부작사부작' 중에서

깜빡깜빡 🌷

겨울잠을 자고 일어난 아기다람쥐는 홀쭉해진 배를 만지며 마지막 힘을 모아 숲속을 뒤지고 있습니다. 지난 가을 커다랗던 신갈나뭇잎도 겨울을 지나고 나니 작아져 뒤집는 건 어렵지 않지만, 아무도 모르게 도토리 몇 개 살짝 숨겨둔 그 잎은 찾을 수 없습니다.

지난 가을엔 먹을 게 부족한 걸 눈치챈 참나무가 주렁주렁 많은 열매를 맺어준 덕에 풍성하게 보내며, 월동준비를 위해 잘 챙겨두었는데 보이지 않습니다. 답답한 마음에 꽁꽁 머리를 쥐어박아 보지만 도통 생각이 나질 않습니다. 아기다람쥐는 한참을 그렇게 돌아다니다, '어쩔 수 없지. 또 찾으면 되지' 하며 포기하고 돌아서 또다시 숨겨둔 열매를 찾으러 그 옆 상수리나무 밑으로 종종걸음 칩니다.

문득 할머니 말씀이 생각납니다.
"우리가 이렇게 깜빡하고 못 찾은 도토리들이 봄이 오면 싹을 틔우고 더 많은 열매를 선물할 거야. 우리에게도 넉넉한 먹이가 되고, 더 울창한 참나무 숲이 되지. 숲은 우리가 함께 만드는 거야."

가끔 완벽하게 잘 해내지 못해 아쉬운가요?
때론 그런 아쉬움과 작은 결핍이 나를 더 풍성한 열매로 가꿔주기도 합니다.

*깜빡깜빡: 기억이나 의식 따위가 잠깐씩 자꾸 흐려지는 모양

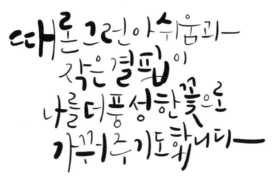

때론 그런 아쉬움과
작은 결핍이
나를 더 풍성한 꽃으로
가꿔주기도 합니다

'깜빡깜빡' 중에서

darak

불끈불끈 🌸

'아 요것만 먹으면 힘이 날 것 같아.'

'이 음식만 보면 그 사람이 생각나.'

'이건 참 나를 닮았어.'

'나는 요것처럼 살고 싶어.'

힘들고 지칠 때, 이럴 때 생각나는 음식이 있나요?

"저는 아이들과 함께 먹었던 돈가스가 생각나요. 아이들과 함께 맛있게 먹었던 그때로 돌아가 좋은 아빠가 되고 싶어요."

"삼겹살과 소주 한잔이요. 일 끝나고 동료들과 함께 삼겹살에 소주 한잔이면 그날의 피로가 싹 풀리곤 했지요."

"잡채요. 예전엔 제가 좀 까칠했었거든요. 이제는 여러 가지 재료들이 한데 어울려 맛을 내는 잡채처럼 저도 조화로운 사람이 되고 싶어요."

"고추장이요. 오랜 시간 햇살에 잘 익은 고추장은 많은 음식의 재료가 되기도 하고, 약간 매콤한 맛에 제 개성을 담고 싶어요."

"저를 음식으로 표현한다면 따뜻한 차입니다. 따뜻한 차는 지친 누군가에게 쉼이 되고 또 힘이 되니까요. 저는 누군가에게 따뜻한 한잔의 차가 되고 싶습니다."

지금 내게 힘이 되는 음식, 나를 닮은 음식, 그 사람과 꼭 함께 먹고 싶은 음식은 무엇일까요?

*불끈불끈: 주먹에 힘을 주어 잇따라 꽉 쥐는 모양

내게 힘이 되는 음식,
나를 닮은 음식,
그 사람과 꼭 함께
먹고 싶은 음식은?

'불끈불끈' 중에서

나울나울

저 멀리 남쪽에서 봄소식이 들리는 듯하여 두꺼운 털옷을 벗을까 말까 망설이는 중입니다. 그러다 빼꼼히 고개를 내밀었을 때 마치 이 순간을 기다리고 있었던 듯 주인마님은 내 머리를 톡 따냅니다. 너무 당황스럽지만 다 피워내지 못한 제 향기와 꽃 모양이 다치지 않게 조심조심 다뤄주십니다. 깨끗하게 잘 손질해서 말리고 덖어서 투명한 유리병에 담아 정겨운 이들에게 배달됩니다.

날리는 꽃가루로 목이 불편한 날. 창밖에 나풀나풀 소담스레 눈이 내리는 날, 저 멀리 봄소식이 들리기 시작할 때, 유난히 하얀 목련을 좋아하던 그 사람이 생각날 때면 목련꽃차 한 송이 꺼내어 봅니다. 조용히 잠들어 있던 꽃잎을 따뜻한 물로 살랑살랑 깨워봅니다. 노릇노릇, 은은한 향기도 좋지만 한 잎 한 잎 나울나울 춤추는 그 자태는 얼마나 매혹적인지요. 마치 동그란 어항에서 열대어랑 금붕어가 무도회를 하는 것 같습니다. 장미랑 국화도 졸라대네요. 자기들도 제 찻잔에서 춤추고 싶다고….

오늘은 누구랑 꽃차 한잔 나눌까요?
오늘은 무슨 차를 마시면 좋을까요?

*나울나울: 물결이나 늘어진 천, 나뭇잎 따위가 보드랍고 느릿하게 굽이져 자꾸 움직이는 모양

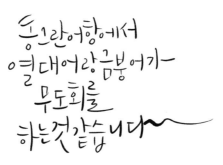

용그란어항에서
열대어랑금붕어가
무도회를
하는것같습니다

'나울나울' 중에서

darak

꼼지락꼼지락

"엄마 허리 꼭 잡아야 해, 절대 놓치면 안 돼."
"네"
"잠들면 안 돼."
"네. 엄마"

뒷좌석 안장도 없는 작은 자전거에 네 살 딸아이를 태우고 시내를 가는 길입니다. 아이는 처음엔 엄마의 두꺼운 허리를 단단히 잡더니 어느샌가 꼼지락꼼지락 장난질을 합니다. 아이의 꼬물꼬물한 손놀림이 내 허리춤에서 옷자락 끄트머리까지 내려오다 자기도 모르게 깜짝 놀라 다시 꼬옥 잡습니다. 엄마의 등으로 전해오는 따스함은 잠들면 안 된다는 당부와 잠들지 않겠다던 약속을 잊을 만큼 달콤한 자장가가 되었나 봅니다.

제 첫 기억은 누군가의 등에 업혀 있었습니다. 그래서인지 엄마가 된 후 제 따뜻한 기억을 아이에게도 전하고 싶어 업는 걸 좋아했나 봅니다. 오늘은 유난히 누군가의 등이 그립고, 제 넓은 등 뒤에서 꼼지락거리던 귀엽고 따뜻한 손이 생각납니다.

*꼼지락꼼지락: 몸을 계속 천천히 좀스럽게 움직이는 모양

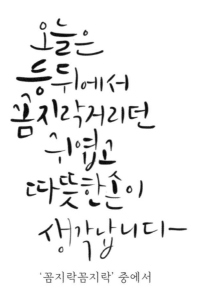

오늘은
등뒤에서
꼼지락거리던
귀엽고
따뜻한손이
생각납니다~

'꼼지락꼼지락' 중에서

darak

오밀조밀 🐝

    무슨 일인지 너무 속상했습니다. 혼자서 울다 딸에게 하소연하며 주책맞게 엉엉 소리 내어 울었습니다. 실컷 울고 나니 내 마음은 한결 홀가분해져 잠이 들었는데 딸은 밤새 한숨도 못 잤나 봅니다. 다음 날 퇴근길 사무실 주차장에서 딸이 운전기사를 자처하고 무작정 따라오라 합니다. 언젠가 가보고 싶다고 했던 그 카페, 그 자리에 음식과 공연이 예약되어 있었습니다. 어둠이 내려앉은 강물을 바라보며, 음악을 들으며, 음식과 함께 울컥거리는 마음도 삼켰습니다.

    딸 생일날 엄마는 일찍 출근한다는 이유로 미역국만 끓여놓고 나왔는데 퇴근하는 내 방에는 '그동안 건강하게 낳아주시고 잘 키워주셔서 감사합니다.'라는 손편지와 꽃 귀걸이 한 쌍이 놓여 있습니다.

    몇 해 전 벚꽃 필 무렵 급성간암으로 갑자기 세상을 떠난 친구가 있었습니다. 그녀가 간 후 그 친구 딸로부터 택배가 왔습니다. "엄마의 유일한 친구인 이모께 제가 드리는 작은 선물입니다"라며 단정하게 메모가 붙어 있습니다. 그 친구도 늘 내게 보내는 각각의 물건에 사용법등을 적어 보내곤 했었거든요.

    어떤 작가님은 '딸은 딸이다'라고 하던데, 저는 '딸은 엄마의 닮음꼴일까요?'라고 묻고 싶습니다.

*오밀조밀: 마음 씀씀이가 매우 꼼꼼하고 자상한 모양

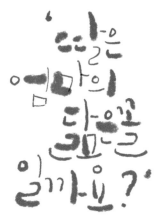

'딸은 엄마의 다음 챕터 일까요?'

'오밀조밀' 중에서

이모,
감사합니다

darak

새록새록 🌿

오랜 시간 잊고 있었습니다. 누구네 집 모퉁이도 함께 했던 놀이도 심지어 우리가 나눴던 대화와 우리가 자주 썼던 낱말들까지도….

그런데 정말 신기한 일이 생겼습니다. 오랫동안 한 번도 꺼내 본 적 없이 잊고 있었던 많은 것들이 그 친구 따라 봇물처럼 터져 나옵니다. 40년 전 추억들이 타임머신을 타고 나타났습니다.

비오는 날 처마 아래서 공기놀이 하던 일, 긴 나무책상을 반으로 갈라 짝꿍이랑 영역 싸움을 했던 것도, 받아쓰기 점수가 낮아 나머지 공부하던 일, 집으로 돌아가는 신작로 옆 방죽에서 꿈틀꿈틀거리던 올챙이들을 괴롭히며 놀던 일, 처음 산 고무신을 우리 강아지가 물어뜯어 슬피 울던 일, 울 언니가 사준 하늘색 원피스가 예뻐서 다른 친구들이 시샘했던 일들….

30년 전 친구는 어떤 추억을 데려올까요?
오늘은 오랫동안 잊고 있었던 고교시절 친구에게 전화를 걸어야겠습니다.

*새록새록: 어떤 생각이나 느낌이 거듭하여 새롭게 생기는 모양

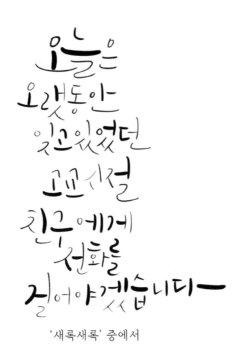

오늘은
오랫동안
잊고있었던
고교시절
친구에게
전화를
걸어야겠습니다

'새록새록' 중에서

darak

곰곰이

때로는 일상 업무에 지친 나를 위해, 때론 집안 큰 행사 등을 치르고 난 후 애쓴 자신을 위로하기 위해 조금은 사치스러운 선물을 합니다. 때로는 봄이 오고, 여름과 가을, 겨울이 온다고 그들을 맞이하기 위해 자신에게 선물하곤 합니다. 손톱을 깨끗이 손질하고 그날의 마음과 그날의 색깔을 작은 공간에 채워봅니다. 가장 가까이 그리고 자주 볼 수 있는 곳에 한 송이 꽃과 미소를 그려봅니다.

살랑살랑 봄바람 부는 날엔 연분홍 벚꽃을
여름엔 바다를 닮은 파란 스테인드글라스나 파도를
가을이 오는 길목에선 따뜻하고 탐스런 국화 한 송이를
추운 겨울엔 어떤 걸 그려 넣으면 좋을까요?

저에게 네일아트는 자신에 대한 선물이기도 하고, 어떤 여인들과의 소통 도구가 되기도 합니다. 무섭고 딱딱해 보이는 외모와 달리 예쁜 꽃 한 송이 그려진 손은 그녀들이 편안하게 다가올 수 있는 연결고리가 되고, 때로는 그녀들을 잡아주기도 하고, 안아주기도 합니다. 이번엔 어떤 색깔, 어떤 꽃을 그리면 좀 더 따뜻하게, 좀 더 많은 이들을 안을 수 있을까 곰곰이 생각해봅니다.

*곰곰이: 여러모로 깊이 생각하는 모양

손톱을
깨끗이손질하고
그날의마음과
그날의색깔을
작은공간에
채워봅니다

'곰곰이' 중에서

darak

벼름벼름 ✿

    제 고향 마을은 고개 하나만 넘어도 해변이 있었고, 고갯길에서 해변까지는 모래언덕을 따라 미끄럼을 타곤 했습니다. 해변이 우리의 놀이터였기에 친구들은 수영 강습을 별도로 받지 않고도 능숙하게 앞 무인도까지 왕복하곤 했습니다. 언젠가 친구들 따라 깊은 곳까지 갔다가 물을 잔뜩 먹고 허우적거렸던 적이 있는 저는 그저 얕은 곳에서 땅 짚고 헤엄치기만 했습니다.

    많은 사람들은 섬사람이 수영을 못한다는 사실을 납득하기 어려워하더군요. 그래서 언젠가는 물개 같은 멋진 모습을 보여주겠다는 생각에 아이들이 자는 시간 검은 어둠을 뚫고 나섰습니다. 어렵게 시작한 만큼 그리고 무언가 잘 해보겠다는 마음은 몸을 더욱 경직되게 하였고 기대만큼 실력은 향상되지 않았습니다.

    그럼에도 불구하고 1년이라는 시간은 나를 물 위에 뜨게 해주었고, 앞으로 나아가게 해주었습니다. 비록 나비처럼 멋지게 날지는 못하지만 이렇게 수영을 할 수 있다는 것만으로도 자신감이 생겼습니다. 그리고 또 다른 것들을 도전할 수 있는 용기가 생겼습니다.

    무언가 해야겠다는 생각은 있는데 쉽게 시작하기 어려울 땐 크고 대단한 것보다 소소하지만 할 수 있는 것부터 시작해보면 어떨까요?

    *벼름벼름: 마음먹은 일을 이루려고 자꾸 마음속으로 준비를 단단히 하고 기회를 엿보는 모양

시작하기
어려울땐
소소하지만
할수있는것부터
시작해봐요

'벼름벼름' 중에서

어른어른 🌸

휴대폰 길찾기 앱이 지금처럼 발달되기 전 낡은 내비게이션을 켜고 낯선 길을 찾아가는 중이었습니다. 그러다 잠깐 딴생각 때문인지, 과속 때문인지, 고속도로 출구를 놓쳐 '경로 재설정' 안내가 나옵니다. 50km를 더 달려 돌아 나왔는데, 이번엔 낯설고 컴컴한 시골길을 안내합니다.

간혹 급한 마음으로 달려가다 제 마음의 속도를 내비게이션이 따라 주지 않는다고 구박한 적 없으세요? 편안하고 큰 도로로 가고 싶은데 꼬불꼬불 좁은 언덕길을 따라 가본 적은 없으세요? 마음은 급한데 안내하는 길마다 막혀 힘들었던 때는요?

우리 삶도 내비게이션과 같다는 생각을 해 봅니다. 너무 빨리 달리다 출구를 놓쳐 먼 길을 돌아와야 하는 때도 있고, 남들은 수월하게 가는 길을 좁고 불편한 길로 돌아와야 하는 때도 있는 듯합니다. 아프리카 속담에 '너무 빨리 달려서 말을 탄 내 몸을 영혼이 따라오지 못할까봐 잠시 기다린다.'는 말처럼 내 삶과 존재의 속도에 균형이 필요하다는 생각입니다.

내 삶의 목적지를 향해, 나는 지금 어느 지점에서, 어떤 경로를 따라 가고 있나요?

*어른어른: 무엇이 보이다 말다 하는 모양

내 삶의
목적지를 향해
나는 지금
어느지점에서
어느 경로를
따라가고
있나요?

'어른어른' 중에서

darak

울렁울렁 🌿

어머님이 부녀회에서 관광을 가시거나 가족들과 여행을 떠날 때면 하루 전엔 멀미약을 드시고 또 귀에 붙이곤 하셨습니다. 그런데 언제부터인지 멀미약 없이 집을 나서고 계십니다. 자주 가시다 보니 면역력이 생긴 걸까요? 연세가 드셔서 감각이 둔해지신 걸까요?

주로 몸이 흔들릴 때나, 몸은 가만히 있는데 시야가 움직일 때 멀미를 하곤 합니다. 아이들이 어렸을 때 차에 타서 잠이 들면 멀미하는 거라던 말씀이 문득 생각납니다. 아이 몸은 차에 앉아 있는데 차창 밖의 풍경이 움직이고, 그 움직임을 즐길 수 없을 때 멀미를 하게 되니 자연스럽게 눈을 감고 자는가 싶습니다.

멀미 중 가장 심한 경우는 뱃멀미라고 하지요. 대입원서 접수를 위해 배를 타고 육지로 나가야 하는데 파도가 높아 선박 운항이 쉽지 않은 날이었습니다. 그럼에도 그날, 그 길이 아니면 안 되기에 죽을 것 같은 뱃멀미를 버텨냈었습니다.

직접 운전하면서 멀미한 적 있으신가요?

멀미는 자신이 의도하지 않고 타인에 의해 수동적으로 움직일 때 한다고 합니다. 내 몸만 멀미를 할까요? 님의 마음은 늘 주인으로 자유로우신가요?

*울렁울렁: 속이 메슥메슥하여 자꾸 토할 것 같은 모양

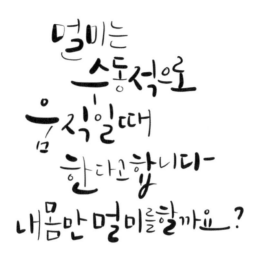

멀미는
수동석으로
음직일때
한다고합니다~
내몸만 멀미를할까요?

'울렁울렁' 중에서

기웃기웃 *

여름날 마을 느티나무 그늘 평상엔 어르신들이 부채질을 하며 장기판을 벌이고 계십니다. 장기판을 쳐다보며 애면글면 끙끙거리는데 지나가던 사람이 "그거 여기두면 되겠네." 한마디 툭 던지고 지나갑니다.

결재를 받으러 들어가면 그때서야 문서에 오타가 발견되고, 장기나 바둑을 둘 때도 자신이 보지 못한 것을 구경꾼은 보곤 합니다. 당사자 눈에 보이지 않는 오타와 장기나 바둑 수가 타인인 제3자에게 잘 보이는 이유는 무얼까요?

인지심리학자 김경일 교수님은 그런 현상을 제3자의 여유 있는 마음으로 객관적으로 볼 수 있기 때문이라고 합니다. 특히 우리 민족은 관계와 타인지향의 관점이 오랫동안 관습처럼 삶에 녹아있기에 나 자신을 위한 것보다 누군가를 도울 때 인간은 훨씬 더 창의적이 되고, 더 지혜로워진다고 합니다.

가끔 나는 무얼 좋아하는지, 무얼 잘 하는지 보이지 않아 답답할 때가 있습니다. 자기를 알아가는 가장 중요한 방법은 수시로 자신에게 질문하고 그 답을 찾아가는 것입니다. 더불어 주위에 나를 잘 아는 신뢰할 만한 분께 훈수를 구해보는 건 어떨까요?

*기웃기웃: 무엇을 보려고 고개나 몸 따위를 이쪽저쪽으로 조금씩 자꾸 기울이는 모양

내 수위에
신뢰할만한분께
훈수를
구해보는건
어떨까요?

'기웃기웃' 중에서

darak

대롱대롱 ✿

울긋불긋 고운 빛깔을 자랑하던 단풍잎들이 겨울 채비를 합니다. 괴나리봇짐을 싸서 도망가듯 남아있는 나뭇잎들을 재촉합니다. 나뭇잎들은 철모르는 아이처럼 마냥 가을 햇살을 즐기며 놀고 싶습니다. 해지는 줄 모르고 철없이 놀던 나뭇잎들이 한 잎 두 잎 떨구기 시작하더니 마지막 한 잎 대롱대롱 애처롭습니다.

살랑살랑 부는 가을바람도 마지막 한 잎은 조심스럽습니다. 마치 '오 헨리의 마지막 잎새'처럼 그 한 잎이 떨어지고 나면 그녀의 삶이 끝나기라도 할 것처럼 말입니다.

하지만 너무 안타까워하거나 걱정하지 마세요. 나무는 추운 겨울을 잘 이겨내기 위해 이미 새순을 준비하고 잎을 떨구는 거랍니다. 그 한 잎이 마저 떨어지고 나면 좀 더 가벼이 겨울을 나고, 봄에 더 건강하고 많은 새잎과 줄기로 나올 거니까요.

마치 더 예쁘고 탐스런 꽃을 피우기 위해 시들고, 지면서도 다시 새순을 틔우는 꽃처럼….

*대롱대롱: 작은 물건이 매달려 가볍게 잇따라 흔들리는 모양

더 건강한
새잎들을 위해
떨어지는 마지막 잎새

'대롱대롱' 중에서

darak

문득문득 🌸

어릴 적 까치가 울면 동네 어르신들은 "누구네 집에 손님 오는 모양이다."고 하셨습니다. 그러면 신기하게도 손님이 찾아오곤 했습니다. 까치는 어떻게 알 수 있었을까요? 주로 동네 입구 제일 높은 나무에 둥지를 틀고 살아가는 텃새인 까치는 영리하고 눈이 밝아 사람이나 동물을 멀리서도 쉽게 구별할 수 있다고 합니다. 새들의 울음소리는 먹이를 발견하거나 적의 침입을 동료들에게 알리는 대화의 수단이라고 하지요. 낯선 사람의 접근에 대한 까치의 신호를 사람들은 반가운 손님이 온다고 믿었던 것입니다.

숲이 사라지고 빌딩들이 늘자 갈 곳이 없어진 까치는 느티나무 대신 전봇대에 둥지를 틀어 누전의 원인이 되고, 곤충 대신 곡식이나 과일 등 농작물에 피해를 주는 유해조류가 되어버렸습니다. 새해 까치까치 설날을 노래하며 기쁨을 선사하던 까치가 언제부터인지 우리의 눈살을 찌푸리게 하는 천덕꾸러기가 되어 안타깝습니다.

모처럼 휴일, 동네 뒷산 산보에 나선 내게 '깍깍' 반갑게 울어주는 까치를 만났습니다. 문득 어릴 적 까치가 울면 손님이 사탕이랑 과자를 한 아름 안고 오던 그때가 생각납니다.

오늘 그대가 까치 울음소리에 듣고 싶은 반가운 소식은 무얼까 궁금해집니다.

*문득문득: 생각이나 느낌 따위가 갑자기 자꾸 떠오르는 모양

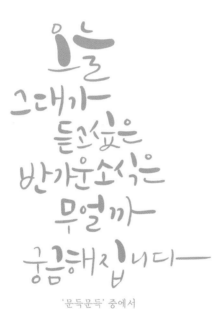

오늘
그대가
듣고싶은
반가운소식은
무얼까
궁금해집니다―

'문득문득' 중에서

·

2장

봄과 함께 설렙니다.

가분가분 ✾

    많은 사람들이 여행을 계획할 때면 '어디에 가고 싶다'는 특정한 목적지를 선정하곤 하는데, 저는 이번 여행을 '봄, 동백, 수선화, 섬 산행, 친구'라는 주제어로 시작해봤습니다. 봄이면 매화나 벚꽃, 수선화, 튤립의 하늘거림이 보고 싶고, 여름이면 노랗게 타오르는 해바라기가 보고 싶고, 가을이면 강변에 한들거리는 코스모스와 산국화의 진한 향기가 그립고, 겨울이면 애절한 사랑의 절망 같은 동백이 보고 싶습니다.

    수선화를 보러 노란 섬을 찾아 떠났습니다. 육지의 끄트머리에서 다시 배를 타고 작은 섬 몇 개를 지나서야 노란 지붕과 담장이 포근한 그 섬에 이르렀습니다. 축제가 취소되고, 방문객도 환영받지 못하는 그곳을 진정한 여행자처럼 혼자 걸었습니다. 수선화가 피지 않은 길을 걷다 보니, 아직 그곳을 지키며 객지에서 살아가는 자식들의 힘이 되어주시는 어르신들과 다시 돌아온 청년을 볼 수 있었습니다.

    먼 길을 돌아 나와 그 섬을 바라보았습니다. 활짝 핀 수선화는 곧 시들고 관광객은 뭍으로 돌아가겠지만, 아직 피어나지 않은 꽃봉오리와 귀향한 청년은 다시 꽃을 피울 거라고….

    그리고 여행은 찾아 나서는 길과 걷는 길모퉁이에 숨어있는 아름다움을 찾는 것이라고. 보이지 않는 것에서 한 줌 희망 같은 것을 찾아내는 것이라고….

*가분가분: 말이나 행동 따위가 여럿이 다 또는 매우 가벼운 모양

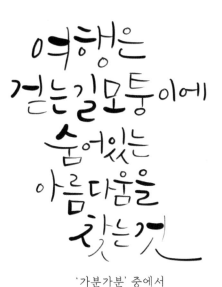

여행은
걷는길모퉁이에
숨어있는
아름다움을
찾는것

'가분가분' 중에서

벌름벌름 🌷

어느 봄날 집 앞 정류장에서 버스를 기다리던 중이었습니다.

어디선가 달달한 향기에 두리번두리번 꽃을 찾아보지만 꽃이라 부를만한 것은 눈에 띄지 않습니다. 명품향수로도 흉내 낼 수 없는 그 향을 찾아 코를 벌름거려 봅니다.

그 향기를 따라가다 멈춘 곳은 지난해 미처 떨구지 못해 까만 열매를 아직 매달고 있는 쥐똥나무였습니다. 이름처럼 꽃도 잎도 작아 쉽게 눈에 띄진 않았지만 도로의 먼지와 매연을 온몸으로 막아내며 제 몫을 야무지게 하고 있었습니다.

산 아래 마을 전원주택 집들이를 갔습니다. 울타리에 둥그렇게 잘 조경된 회양목이 연둣빛으로 꽃을 피워 은은한 자태와 향내로 저를 유혹합니다.

나태주 시인님께서는 '자세히 보아야 예쁘다'고 하셨습니다. 작은 풀꽃도, 야생화도, 조경수도 자세히 들여다보면 그 안에 예쁜 꽃들이 숨어 있습니다. 내 안에도, 우리가 만나는 많은 사람들도 자세히 보면 예쁜 꽃과 향기를 담고 있습니다. 오늘은 바로 내 옆에 있는 그 사람의 보이지 않은 향기를 찾아 벌름거려 봅니다.

*벌름벌름: 탄력 있는 물체가 넓고 부드럽게 자꾸 벌어졌다 우그러졌다 하는 모양

사람들도
자세히보면
예쁜꽃과
향기를
담고있습니다

'벌름벌름' 중에서

소곤소곤 🌸

아직 땅에 남은 습기가 아삭아삭 아이스케키처럼 남아있는 들판입니다. 들판 사이 작은 논둑길을 따라 걸으니 볕이 좋은 땅은 녹아 질퍽거리고, 그늘진 곳은 아직 딱딱하게 굳어 있습니다. 그 길을 걷고 있는 내게 바람 한 줄기 다가와 묻습니다.

"혹시 노랑나비를 보셨어요? 저는 기다리고 있는데 왜 아직 안 올까요?"

"아, 노랑나비도 네가 보고 싶을 텐데 아직 안 와서 기다리고 있구나."

"정말요? 나비도 저를 보고 싶어 할까요?"

"그럼. 나비는 너를 만나기 위해 꽃단장을 하는 중인가 보다."

"아, 예쁜 노랑나비를 빨리 보고 싶어요."

"조금만 더 기다려 보렴. 나비의 보드라운 날개가 얼지 않게 포근해지면 그때 훨훨 날아 올 거야."

"저는 어떻게 기다리면 될까요?"

"너의 따스한 입김으로 언 땅을 녹여주면 새싹들이 나오고 꽃을 피울 거야. 그럼 노랑나비가 네 꽃밭에 춤추러 올 거야."

며칠 후 봄바람과 노랑나비는 그 들판에서 만났습니다.

"우리 함께 사람들에게 봄을 선물하러 날아 가볼까?"

*소곤소곤: 남이 알아듣지 못하도록 작은 목소리로 자꾸 가만가만 이야기하는 모양

우리함께
사람들에게
봄을선물하러
날아가볼까

'소곤소곤' 중에서

두런두런 🌸

이른 봄날 우리 집 마당은 아지랑이처럼 너울너울 술렁거립니다. 홍매화는 청매화에게 지난 봄 때늦은 눈으로 얼어 죽을 뻔한 이야기를 들려주고, 노란 수선화는 새벽이슬을 머금은 자신의 고고한 자태를 넋 놓고 바라보던 주인의 눈망울을 생각하고 있습니다. 조팝꽃은 자기 이름을 닮은 노란 좁쌀밥과 팝콘이 얼마나 맛있는지를 명자나무 꽃에게 들려줍니다. 진달래는 이파리가 없어 외롭다고 툴툴거리고 개나리도 이에 맞장구를 칩니다.

"왜 우린 예쁜 얼굴을 받쳐주는 이파리가 없는 거야?"

높은 곳에서 키 작은 봄꽃들의 수다를 지켜보던 목련꽃은 말합니다.

"그건 겨우내 굶주린 벌들에게 꽃가루를 빨리 선물하기 위해서야. 사실 벌들은 우리처럼 이른 봄에 피어 향기가 연한 꽃보다 오뉴월에 피는 아카시아나 밤꽃처럼 향기가 진한 꽃들을 더 좋아한단다. 우리가 얼른 꽃을 피워 벌의 주린 배를 채워주면, 벌들은 꽃가루를 여기저기 선사해서 결국 우리도 더 많은 꽃을 피울 수 있겠지."

우리 모두 장미처럼 여왕이 될 수 없고, 혼자서 꽃을 피울 수 없습니다. 겨우내 굶주린 벌들과 지친 이들에게 희망을 주기 위해 추위를 무릅쓰고 서둘러 피고 있는 봄꽃이 고맙습니다.

나는 언제, 누구와 함께, 어떤 꽃을 피울 수 있을까요?

*두런두런: 여럿이 나지막한 목소리로 서로 조용히 이야기하는 모양

희망을주기
위해
서둘러
피고있는
봄꽃이고맙습니다ㅡ

'두런두런' 중에서

봉실봉실 🌸

이른 봄 친구랑 동네 뒷산에 올라갔습니다.

우린 그 산에서 겨울이면 비료 푸대에 볏짚을 넣어 푹신하게 눈썰매
를 만들어 주인을 알 수 없는 산소에서부터 미끄럼을 타기 시작합니다.
꼬불꼬불 도랑과 울퉁불퉁 산길은 더 재미납니다.

이른 봄이면 그 산에 진달래가 울긋불긋 피어납니다.
겨울에 눈썰매 타던 친구와 함께 산에 갑니다.
연달래, 진달래 한 아름 꺾어 유리병에 꽂으려고요.
꽃대궁이 하나에 한 송이만 달린 것도 있고요,
여러 송이가 모여 커다란 꽃송이가 되기도 합니다.
우린 이런 꽃을 봉실봉실한 진달래라 불렀습니다.
누구 꽃이 더 봉실봉실한지 꽃송이를 세어봅니다.
하나 둘 셋 넷…
그러다 보면 진달래 꽃술이 코에 하얗게 묻곤 하지요.
서로 얼굴을 보며 웃습니다.

그때 그 친구는 어떻게 지내고 있을까요?
오늘은 그 친구 찾아 우리의 봄날로 함께 여행갈까요?

*봉실봉실: 소리 없이 조금 입을 벌리고 자꾸 예쁘장하게 웃는 모양

그친구찾아-
우리의 옛날로
여행갈까요?

'봉실봉실' 중에서

포근포근 🌷

어느 봄날 공중전화 박스에 개나리꽃 같은 노란 원피스를 입고 있는 소녀를 보며, '나도 노란 원피스를 입고 예쁘면 좋겠는데…' 현실을 직시하고 머리빗이나 필통 같은 소품들로 채우려 애써보지만 노란 갈증은 계속되었습니다.

이른 봄날 아침 동네 어르신 댁에 심부름을 갔습니다. 긴 돌담 아래 이슬을 머금고 단아하게 피어있는 수선화를 만났습니다. 스무 번째 생일에 언니는 남자친구 대신 노란 튤립 스무 송이를 소포로 보냈습니다. 숨이 막혔던지 피어보지도 못하고 시들어버린 노란 꽃잎은 처연하게 고왔습니다.

지인이 다니는 어느 대학 도서관을 들러 돌아가는 버스에서 만난 교수님은 여러 가지 색이 동그랗게 나열된 걸 보여주시며 세 가지 색을 고르게 하셨고 나는 당연히 노란색을 첫 번째로 선택했습니다.

"혹시 부모님이 일찍 돌아가셨나? 노란색은 외로움을 채워주는 그리움의 색이고, 인상 깊게 보았던 노란 수선화는 네 분신이야"

내 스무 살 노란색이 '외로움과 그리움'이었다면 지금의 노란색은 '평안함과 따스함'입니다. 지금 당신의 마음은 무슨 색일까요?

*포근포근: 감정이나 분위기 따위가 매우 보드랍고 따뜻하여 편안한 느낌

내 스무살
노란색이
'외로움과 그리움'
이었다면…

'포근포근' 중에서

사르르 🌷

　아마 봄이 오고도 한참 지나 서울쯤에도 매화가 피었던 날입니다. 그 고운 꽃들을 물먹은 솜털 같은 봄눈이 포옥 덮었습니다. 무거워 밤새 낑낑거리다 깜박 잠이 들었는데 늦잠에서 깨고 보니 마치 간밤 꿈처럼 사라지고 말았습니다.

　황당한 마음을 달래려 산으로 갔습니다. 웬걸 지난밤 꿈처럼 사라진 봄눈이 숲에 숨었나 봅니다. 숨바꼭질에 들킨 아이처럼 화들짝 놀라서 후드득후드득 우박처럼 녹아내립니다.

봄눈을 보았다는 사람과
봄눈을 들었다는 사람 중
봄을 느낀 이는 누구일까요?

봄눈은 아무리 많이 내려도 금방 녹아버리곤 하지요.
우리네 마음속에 있는 시름들도 봄눈 녹듯 사르르 녹아내리고,
봄눈 아래 숨어있던 매화처럼 화사하게 피어나면 좋겠습니다.

*사르르: 얽히거나 뭉쳤던 것이 저절로 살살 풀리는 모양

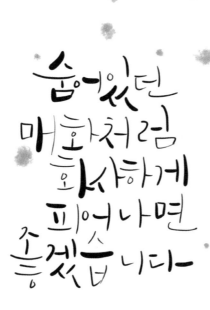

숨어있던
매화처럼
화사하게
피어나면
좋겠습니다

'사르르' 중에서

나풀나풀 🌸

이른 봄날 하동 쌍계사 벚꽃 길을 걸어갑니다. 이제 막 걸음마를 지나 아장아장 걷고 있는 아이 옆에 희끗희끗한 것들이 왔다 갔다 합니다. 뒤뚱거리며 눈앞에서 나풀거리는 것을 손사래 치며 쫓아 봅니다. 멀어지는 듯 또 다가옵니다.

아이는 하염없이 내리는 꽃잎 따라 하늘을 바라봅니다.
키 큰 할아버지 벚나무가 하얀 눈을 내려주고 있었습니다.
무겁지 않게
바람에 나부끼며
하늘하늘
그렇게 춤추며 내려옵니다.
아이는 그저 봄 눈 한 잎 한 잎을 따라갑니다.
그 순간 그 꽃잎이 세상의 전부인 것처럼….

우리도 가끔은 아이들처럼 그저 보이는 것들만,
손에 만져지는 것들만 느껴보는 건 어떨까요?

*나풀나풀: 얇은 물체가 바람에 날리어 자꾸 가볍게 움직이는 모양

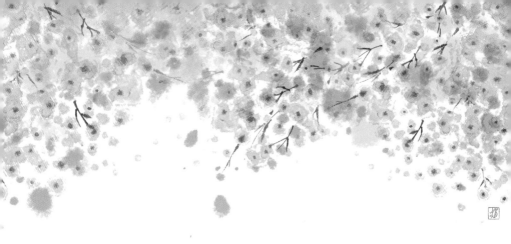

아이들처럼
손에 만져지는
것들만
느껴보면
어떨까요

'나풀나풀' 중에서

시드럭시드럭 🌼

처음 응시했던 시험에 고배를 마시고 이름이 뭔가 좀 있어 보이는 곳에 지원했습니다. 일주일쯤 지났을까요? 출근길 우연히 바라본 남산 1호 터널 옆에 아카시아가 하얗게 피어있었습니다. 저는 다음 정류장에서 내려 서울역으로 달렸고 올라올 차비도 없이 무작정 광주 가는 기차를 탔습니다. 다음날 친구네 집에서 광주역을 운행하는 버스는 보이지 않았고, 매캐한 냄새에 고개 들어보니 5월이었습니다.

사실 아카시아를 보러 가고 싶었던 곳은 모내기 한창인 고향 논두렁이었음에도, 낙동강 오리알 처지라 광주까지만 갔었는데 그곳의 아카시아는 슬픔으로 시들어가고 있었습니다.

5월에 피는 꽃들은 유난히 하얗고 탐스럽습니다. 춘궁기 허기를 꽃으로라도 채워주려 함일까요? 황망하게 떠나보낸 이들의 마음의 허기를 채워주려 함일까요? 누군가에게 아카시아꽃은 찰방찰방 모내기 논에 한 잎 두 잎 떨어지는 그리움이기도 하구요. 누군가에게는 위로하는 달달한 향기이기도 하구요. 누군가에게는 배고픈 시절 풍년을 기원하며 허기를 달래는 꽃이기도 합니다.

그대의 아카시아 꽃에는 어떤 사연이 담겨있을까요?

*시드럭시드럭: 꽃이나 풀 따위가 시들고 말라서 생기가 없고 거친 모양

온 월에
피는 꽃들은
유난히하얗고
탐스럽습니다━

'시드럭시드럭' 중에서

되똥되똥 🌷

봄날 초등학교 대문 앞, 종이박스에 막 부화한 병아리 몇 마리를 팔고 있습니다. 아이들은 꿈틀꿈틀 껍데기를 깨고 나와 되똥되똥 걷기 시작한 병아리들이 귀여워 사달라고 조르고 엄마는 안 된다며 말리고 있습니다.

이 장면을 물끄러미 바라보던 나는 오래전 인상 깊게 보았던 '각시탈'의 한 대사가 생각납니다. '일제강점기 일본제국에 대항하는 우리 민초들의 투쟁이 계란으로 바위 치기가 아니냐?'는 질문에 대한 답입니다.

"계란 껍데기 한 겹, 그 까짓것 바위 모퉁이에 맞으면 그냥 깨져버리겠지. 하지만 바위는 아무리 강해도 죽은 것이고 계란은 아무리 약해도 산 것이네. 바위는 세월이 가면 부서져 모래가 되겠지만, 언젠가 그 모래를 밟고 계란 속에서 태어날 병아리가 있을 걸세."

누군가 깨트리면 계란프라이가 될 수도 있겠지만 죽은 목숨입니다. 하지만 스스로 알을 깨고 나오면 되똥되똥 병아리가 됩니다. 그 병아리는 성장해서 또 다른 병아리를 낳게 되겠지요. 누군가의 지시나 강요가 아닌 내 자발적 의지는 '건강한 또 하나의 생명'입니다.

*되똥되똥: 작고 묵직한 물체나 몸이 중심을 잃고 가볍게 이리저리 기울어지면서
자꾸 흔들리는 모양.

스스로
알을 까고
나오면
되똥되똥
병아리가
됩니다

'되똥되똥' 중에서

고슬고슬 🌸

    그리 작지 않은 남도 섬마을의 봄방학은 들판에서 시작됩니다. 볕이 잘 드는 밭두렁과 논두렁에 뽀송뽀송한 아기솜털이 남아있는 탐스런 쑥을 살짝살짝 도려내어 바구니 가득 담습니다. 따사로운 봄볕을 등지고 마루에 걸터앉아 도란도란 다듬곤 했습니다. 그렇게 일주일쯤 부지런히 하면 쑥은 제 새 학기 학용품이 되어 돌아오곤 했습니다.

    고3 때 대입시험을 준비해보겠다며 야간자습을 마치고 선생님 관사로 갔습니다. 늦은 밤 혼자 산길을 지나 집에 갈 수 없어 여선생님들 관사에서 신세를 지고 있었거든요. 밤 열두시 다른 선생님들 수면에 방해되지 않게 조용히 문을 열고 들어갔는데 방 가운데 선생님이 상을 차려놓고 기다리고 계셨습니다. 밥상 위엔 김이 모락모락 나는 쑥버무리가 놓여 있습니다. 밤늦게 공부하느라 힘들다며 기운 내라고 선생님이 해주신 겁니다.

    그때 늦은 밤 김이 모락모락 나는 쑥버무리는 난생 처음 먹어봤지만, 가장 맛있고, 따뜻하면서도 목이 메이는 음식이었습니다. 해마다 봄이 되면 그 맛을 잊지 못해 시도해 보지만 제자를 사랑하는 선생님의 사랑 가득한 맛은 재현할 수 없습니다. 선생님 감사합니다.

*고슬고슬: 밥 따위가 되지도 질지도 아니하고 알맞은 모양

숙버무리는
난생처음
먹어본
음식이었고
목이메이는
음식이었습니다

'고슬고슬' 중에서

워럭워럭 🌸

춥고 긴 겨울 앞에 당당하게 선 꽃 매화
그동안 수고한 계절에 감사의 마음으로 배웅하고
새로이 다가올 봄을 맞이하는 꽃

오랜 시간 모진 풍파를 이겨낸 고목에서 한 잎 두 잎, 한 송이 두 송이 피어납니다. 철모르는 묘목에서도 매화꽃은 피고, 쑥쑥 자라나는 나무에서도 매화꽃은 피는데, 한 생을 살아낸 고목의 갈라진 수피에서 한 줄기 한 줄기 뚫고 올라와 피어나는 한 송이 한 송이는 절규입니다. 남은 생을 모두 모아 피워내는 한 생명입니다.

그렇게 매화는 때로는 바람을 맞이하고, 때로는 바람에 맞서며, 바람과 함께 피고 있었습니다. 누군가는 매화를 키워내고, 또 누군가는 매화를 온몸으로 그려내고, 또 다른 누군가는 매화를 따뜻한 차 한 잔에 담습니다.

봄입니다. 저도 겨울을 잘 이겨내고 봄을 맞이하는 매화처럼 무거운 이불을 박차고 일어서야겠습니다.

*워럭워럭: 더운 기운이 몹시 성하게 일어나는 모양

매화는
바람을 맞이하고
바람에 맞서며
바람과 함께
피고 있습니다

'워럭워럭' 중에서

저벅저벅 🌸

　　스무 살, 아무 연고 없는 객지에 덩그마니 남았습니다. 낯선 사람, 낯선 일… 견뎌야 한다고 생각했고, 견뎌야겠다고 마음먹었습니다. 그리고 노력했습니다. 때론 불편한 마음을 위로하기 위해 걷고, 때론 아무도 없는 어둑한 길을 걸으며 소리 내어 울기도 하며, 마음의 고통을 잊기 위해 몸을 혹사시켰습니다. 낯선 산길을 헤매고, 바위틈을 따라 기어오르고 난 후 욱신욱신한 통증을 안고 쓰러지듯 잠이 들기도 했습니다. 때론 책 속에 그리운 이들, 아름다운 것들을 찾아갈 기차표를 책갈피 삼아 끼워두고 위로 삼아, 채찍 삼아 달래 보기도 했습니다.

　　혼자서 낯선 야간 산행에 도전했습니다. 새벽 세시 아직 눈이 소복한 오색약수 길을 헤드랜턴으로 비추며 마치 컴컴한 탄광을 걷듯 앞만 보고 걸었습니다. 다리 아프다고, 힘들다고 하소연해도 들어줄 이 없어 그저 앞사람의 뒤통수가 보인다는 것만을 위안 삼아 온 힘을 다해 걸었습니다. 한 걸음 한 걸음 걷다 보니 어렴풋하게 앞사람들의 행렬이 보이고 정상이 가까워진다며 술렁입니다. 조금만 조금만 더 힘을 내자고 이를 악물고 걷다 보니 정상에 도착했습니다.

　　오색약수 길은 아직 한겨울, 그리고 한밤중이었는데 대청봉 그곳은 아침이었고 '환희'라는 단어가 있었습니다. 아슴아슴한 구름을 걷어내고 떠오르는 아침 해는 봄이었습니다. 그렇게 내 봄을 맞이하였습니다.

*저벅저벅: 발을 크고 묵직하게 내디디며 잇따라 걷는 모양

아슴아슴한
구름을걷어내고
떠오르는
아침해는
봄이었습니다

'저벅저벅' 중에서

뭉게뭉게

　　저 산 너머에는 작은 바다가 있습니다. 나는 그 바닷가 모래사장에 누워 썰물이 오기를 기다리고 있습니다. 썰물이 오면 숨어있던 섬들이 낮은 능선처럼 모습을 드러내는 그곳에서 굴을 따고 고동을 따려구요.

저만치 오는 파도를 기다리며
가끔 구름이 선사해준 그늘과 숨바꼭질하며 놀고 있습니다.
하늘엔 하얀 구름이 뭉게뭉게 피어납니다.
깡충깡충 토끼도 되고
어홍어홍 호랑이가 되어 나타나기도 하고
둥실둥실 풍선이 되기도 하고
봉실봉실 예쁜 꽃이 되기도 합니다.
언뜻언뜻 구름 속에 기억나지 않은 아빠 얼굴이 보이기도 하고
선생님이 된 모습도
치과의사가 된 모습도 보입니다.
저 뭉게구름에서는 어떤 꿈이든 맘껏 꾸고 또 이뤄낼 것 같습니다.

다시 오늘부터 내 맘에도 예쁜 뭉게구름 하나 키워야겠습니다.

*뭉게뭉게: 연기나 구름 따위가 크게 둥근 모양을 이루면서 잇따라 나오는 모양

저만치 오는
파도를 기다리며
가끔 구름이 선사해준
그늘과 숨바꼭질하며
놀고 있습니다

'뭉게뭉게' 중에서

근질근질 ✍

어느 가을날 좋아하는 이원규 작가님이 담담하게 써 내려간 글 한 대목이 와락 내 품에 안겼습니다. '은행잎은 다 져도 서운하지 않았다. 그의 영토는 더 빛나는 황금빛이었으니, 누가 있어 떠난 뒤에도 그 빈자리가 이처럼 환할 것인가'

이 글을 보고, 마음속에 은행나무를 그리고 그 옆에 이 글을 담고 싶었습니다. 업무를 하는 중에도 은행나무가 아른거려 손이 근질근질합니다. 오늘따라 퇴근 시간은 왜 이리 멀기만 한지….

선생님은 늘 "글씨를 먼저 쓰고 그다음 글씨에 어울리는 그림을 구성에 맞게 그려야 합니다."라고 하시고, 어떻게 그려야 진짜 제 마음속에서 빛나게 될지 모르지만 그저 그 마음만이라도 담아 그려봅니다.

이제 막 캘리그라피를 시작해서 서툴기만 하지만 그동안 까맣게 잊고 있었던 설렘을 선물해줍니다. 예쁜 시화 엽서를 모으던 여고 시절, 여류작가들의 에세이를 보며 친구에게 편지를 쓰고, 내가 힘들 때 힘이 되어주었던 문장들, 친구들에게 선물하고 싶은 예쁜 글과 그림들을 찾아 행복 여행을 떠나게 됩니다.

그대의 마음은 언제 설렐까요?

*근질근질: 참기 어려울 정도로 자꾸 몹시 어떤 일을 하고 싶어 하는 상태

그동안
까맣게
잊고있었던
설렘을
선물해줍니다~

'근질근질' 중에서

조물조물 ✿

초등학교 미술 수업 준비물인 찰흙을 가지러 산으로 갔습니다. 그때는 포장된 점토 제품이 없었던 건지, 구입할 돈이 없었던 건지 기억나지 않지만 우린 자연스럽게 산으로 갔습니다. 그렇게 준비해간 흙을 조물조물거리다 친구들 얼굴에도 발라보고 옷이랑 책상 가득 난장판을 만들기도 했었습니다.

그 순수한 감성을 되살리고자 성인 남자수용자들을 대상으로 도자기 수업을 했습니다. 차가운 듯, 부드러운 점토를 가지고 길고 동그랗게 말아서 한 켜 한 켜 똬리를 틀어 꽃병을 만들고, 그릇을 만들었습니다. 한 줄 한 줄 무너지지 않도록 집중하여 만든 작품들은 교육장에 전시하고, 다음 교육생들은 더 다양한 작품을 만들곤 했습니다.

점토를 가지고 질그릇을 만들기 위한 가마의 온도는 800도, 고려청자가 구워지기까지는 1250도가 되어야 한다고 합니다. 그 온도에서 흙의 밀도가 높아지고 단단해져서 최고의 도자기가 탄생된다고 합니다. 숯도 다이아몬드도 모두 탄소이지만 순수한 탄소에 고온 고압을 가하면 다이아몬드가 되는 것과 닮은 듯합니다. 마치 고난과 시련이라는 열기가 우리 삶을 더 단단하고 아름답게 하듯이….

당신 앞에 점토가 한 덩어리 놓여 있습니다. 어떤 그릇을 만들어보고 싶으세요?

*조물조물: 작은 손놀림으로 자꾸 주물러 만지작거리는 모양

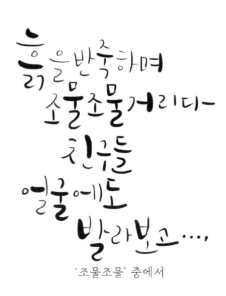

흙을 반죽하며
조물조물거리다-
친구들
얼굴에도
발라보고···,

'조물조물' 중에서

꿈틀꿈틀

"많은 사람들은 꿈이 있어야 한다고 말하고 저도 꿈을 갖고 싶어요. 그런데 어떻게 해야 꿈을 가질 수 있는지 모르겠어요."

"네 가까이 꿈을 가지고 열심히 노력하는 사람을 찾아보자. 그리고 그 사람 옆에 다가가 꿈을 위해 노력하는 모습을 살펴보는 거야. 그다음엔 그가 꿈을 이루기 위해 노력하는 걸 도와주고 너도 그 사람처럼 해 보는 거야. 오랜 시간 그 과정을 지켜보고 참여하고, 그 사람을 닮아가기 위해 노력하다보면 어느새 꿈틀거리고 있는 너를 발견할 수 있을 거야."

"제 주위는 다들 저처럼 꿈이 없는 것 같아요."

"그럼 네가 좋아하고 존경할 만한 사람이 누군지 생각해보렴. 그리고 그 사람을 닮기 위해 노력해 보는 거야. 꿈은 막연히 생각만 하고 있으면 찾기도, 이루기도 어려워서 한발씩 다가가야 해. 움직이는 것은 파장을 일으키는 힘이 있고, 그 힘들이 조금씩 나아가게 만들어 줄 거야."

"첫걸음을 내딛기 어렵겠지만 걸음마를 시작할 때처럼 우선 엉덩이를 들고 일어나야지. 한두 발짝 걷다가 힘들면 주저앉을 수도 있겠지만 다시 일어서서 걸어 보는 거야. 처음 걷기 시작할 때는 아무리 걸어도 방 안이지만, 조금만 더 지나면 마당으로 나갈 수 있잖아. 그렇게 조금씩 조금씩 멀리까지 걸을 수 있게 되지. 걷다 보면 곧 뛸 수도, 날 수도 있게 될 거야."

*꿈틀꿈틀: 자꾸 생각이나 감정 따위가 이는 모양

한번씩
느껴가야 해
움직이는 것은
퍼질듯 술수 하는
힘이 있거든

'꿈틀꿈틀' 중에서

샤방샤방 🌹

낮에 우연히 올려다본 하늘에 달이 떠 있습니다. 밤에만 보이던 달이 낮에도 보이는 게 익숙하지 않습니다. 그런데 혹시 낮에 별을 본 적 있으신가요?

낮에 달이 태양을 가리는 일식을 보기 위해 망원경으로 하늘을 바라볼 때입니다. 많은 이들은 태양이 변해가는 모습에 집중하느라 그 옆에 반짝이는 별을 알아차리지 못합니다. 사실은 환한 낮에도 별은 반짝이고 있습니다.

혹시 내 마음속 별을 본 적 있으세요?
꽁꽁 숨어 보이지 않은가요?
별이 아예 없다구요?

아닙니다. 주위 빛 때문에 별이 보이지 않는 것뿐이랍니다. 당장 눈앞에 보이지 않지만 항상 빛나고 있는 별처럼 누구나 마음속에 나만의 별이 반짝이고 있습니다. 우리 그 별을 찾아 샤방샤방 빛나게 가꿔보아요.

*샤방샤방: 사람 또는 물건이 화사하고 예쁜 모양

누구나
마음속에
나만의 별이
반짝이고
있습니다

'샤방샤방' 중에서

3장

•

폭염과 장마에도
쑥쑥 커갑니다.

팔딱팔딱 🌸

언제부터인지
어떤 이유인지 그 배는 선착장에 머물러 있었습니다.
그 배는 바다를 바라보며 옛 시절을 추억하곤 합니다.
힘겨웠지만 팔딱팔딱거렸던 내 심장을 느낄 수 있었던 때
그러다 만난 기쁨들
더 먼 바다를 향해 나아가고 싶었던 마음
그때 느꼈던 설렘

그러다 멈춰 섰습니다.
일부러 멈춘 것인지
누군가에 의해 멈추게 된 것인지 정확하진 않지만
한참을 나아가지 못하고 서 있었습니다.
먼 바다가 그립고
그 시절이 그립습니다.
그 바다를 자유롭게 항해하는 이들이 부럽습니다.

더 늦기 전에
내 마음속 깊이 내려진 무거운 닻을 올려
희망의 돛을 달아야겠습니다.
이제는 부러워만 하지 않고 부러운 내가 되어야겠습니다.

*팔딱팔딱: 맥이나 심장이 작게 자꾸 뛰는 모양

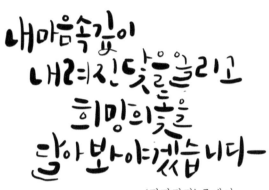

내 마음속 깊이
내려진 닻을 올리고
희망의 돛을
달아 봐야겠습니다~

'팔딱팔딱' 중에서

겅중겅중 🌹

통통한 갈색 참나무에 연둣빛 자벌레가 나뭇잎을 향해 올라가고 있습니다. 자벌레는 몸은 가늘고 긴 원통형으로 가슴에 세 쌍의 발과 배에 한 쌍의 발을 갖고 있습니다. 나무에 오를 때는 다리 꽁무니를 머리 쪽에 갖다 대고 몸을 길게 늘이기를 반복해서 움직인답니다. 그런데 이 녀석의 움직임은 걷는 것도, 기어가는 것도 아닙니다. 사뿐사뿐도 아니고, 꿈틀꿈틀도 아니고, 저벅저벅도 아니랍니다.

키다리 아저씨는 긴 다리로 겅중겅중 걸어가는데, 자벌레는 짧은 다리로 원통형의 몸을 길게 늘여 목적지까지 간답니다. 너무 짧아 잘 보이지도 않는 다리를 원망하거나 탓하지 않고 오히려 온몸을 다리 삼아 겅중겅중 올라갑니다.

혹시 내 키가 남들보다 작아서 부모님을 탓하고 계신가요?
혹시 다른 사람보다 예쁘지 않아서 불만이신가요?
내가 아직 알아차리지 못한 재능은 무엇일까요?
나는 무얼 해볼 수 있을까요?

우리는 자벌레 보다 훨씬 더 긴 팔과 다리를 가지고 있습니다.
그래서 우리가 원하는 곳을 향해 더 수월하게 갈 수 있습니다.

*겅중겅중: 긴 다리를 모으고 계속 힘 있게 솟구쳐 뛰는 모양

우리가
원하는곳을
향해훨씬
수월하게
갈수있습니다

우린 자벌레 보다 훨씬
더 긴팔과 다리를 가지고 있습니다

'경중경중' 중에서

낭창낭창 🌱

　어느 날 텔레비전 채널을 돌리다 옛 추억 속 가수들의 근황을 보여주는 프로그램에서 문득 멈췄습니다. 새록새록 추억을 선물해주는 많은 가수와 좋은 노래들에 취해 달콤한 행복에 젖었습니다. 그 중 유난히 내 눈과 마음을 끈 건 1990년대 탑골GD라고 불리었던 가수였습니다. 분명 그 방송에서 보여주고 있는 모습은 90년 당시인데도 30년이 지난 지금도 전혀 어색하지 않은 춤과 노래였습니다.

　'어쩜 이렇게 멋진 춤과 노래를 그때, 그 나이에 생각하고 해냈을까?'
　시대를 앞서간 천재에게 관객들은 '우리말이 서툴다', '영어를 너무 많이 쓴다', '이상한 춤을 춘다'고 손가락질하고 무대에서 끌어 내렸습니다. 그런 비난에도 그를 추억하는 많은 팬들의 부름에 달려온 그를 통해 본 지난 30년의 시간은 원망이나 절망이 아니었습니다. 먼 나라 음식점에서 서빙을 하면서도 지난 시간 자신을 응원해주었던 팬들에 대한 감사를 잊지 않았고, 자신의 꿈을 위해 나아가고 있었습니다.

　한 발짝 앞서가는 분들의 고충이 있습니다. 한 발짝 뒤따라가는 이들의 버거움도 있습니다. 누군가의 걸음에 맞추기보다 목적지를 향해 내 걸음에 맞게 한발 한발 걸어봅시다.

*낭창낭창: 가늘고 긴 막대기나 줄 따위가 자꾸 조금 탄력 있게 흔들리는 모양

목적지를 향해
내걸음에맞게
한발한발
걸어보아요

'낭창낭창' 중에서

쫑긋쫑긋 🌸

　어떤 강사님께서 제 근무지에 재능기부 강연을 해주시겠다는 전화를 하시고, 기관에 오셔서는 한눈에 저를 알아보고 먼저 인사하셨습니다. 어떻게 알아보셨는지 묻자 목소리와 표현하는 말을 통해 제 이미지를 그려보았답니다.

　상대방의 잠재역량을 깨워주기 위한 코칭대화가 있습니다. 코치가 주도적이기보다 고객이 주체가 되어 생각하고, 말하고, 계획하고, 실행을 통해 더 성장하고 성숙하기 위해 필요한 과정입니다. 제가 생각하는 이 과정의 핵심은 '신뢰, 경청, 공감'입니다. 그중 가장 중요한 것은 고객의 말을 '경청'하는 것인데 이는 표현된 말만이 아니라 그 말에 내포되어 있는 의미까지 읽고 공감해주는 것입니다. 때론 직접 만나거나 영상으로 코칭대화를 할 수도 있지만 유선전화로 하는 경우도 많습니다. 그런데 얼굴도 보지 않고 비언어적인 부분까지 어떻게 들을 수 있을까요?

　귀를 쫑긋 세우고 마음의 귀를 하나 더 쫑긋 세우면 목소리만으로도 충분히 그 사람을 볼 수 있고 느낄 수 있습니다. 대화 중 상대방의 목소리를 통해 호기심이 반짝거리는 것을 볼 수도 있고, 스스로 대안을 찾고, 금방이라도 실행할 수 있을 것 같은 마음도 전해옵니다. 사람들과 온전히 대화에 집중할 수 있도록 딴짓 멈추고 마음속의 귀까지 보태어 그 사람 마음에 머물며 귀 기울여 보면 좋을 듯합니다.

*쫑긋쫑긋: 자꾸 입술이나 귀 따위를 빳빳하게 세우거나 뾰족이 내미는 모양

마음의 귀를
더쫑긋세우면
목소리만으로도
충분히
그사람을 볼수있고
느낄수있습니다 ～

'쫑긋쫑긋' 중에서

똘망똘망 🌱

아름드리 향나무가 있던 학교 본관과 달리 1학년 2반 교실은 작은 별관 같은 단층이었습니다. 담임 선생님께서는 잠시 반 친구들의 책 읽기 지도를 제게 맡기고 자리를 비우셨습니다. 그날 읽어야 할 부분은 보랏빛 나팔꽃이 해님처럼 키 큰 노란 해바라기 줄기를 타고 담장 밖 세상을 구경하는 장면이었습니다.

쉬는 시간을 알리는 종이 울렸습니다. 본관에서 공부하던 몇몇 다른 반 친구들이 우리 교실을 힐끔힐끔 들여다보며 수군거립니다.
"2반은 여자가 반장이래."
"원래 반장은 남자가 하고 여자는 부반장만 하는 거 아니야?"

오랜 시간 아들로 낳아주지 않은 엄마를 원망했던 그 못생긴 여자아이는 첫아이를 학교 보낼 무렵에야 은사님을 찾아뵙고 여쭈었습니다.
"그때 어떤 마음으로 그렇게 가난하고 못생긴 여자아이를 반장을 시키셨는지 궁금해요."
"나는 여자아이를 반장 시킨 것이 아니라 똘망똘망한 학생을 선택 한 거야."

여자에겐 빽이 필요하다고 합니다. 당신은 어떤 빽을 갖고 싶으세요? 비싸고 예쁜 명품백도 좋지만 언제 어디나 함께 할 우리 자신이 똘망똘망한 명품 빽이 되어보는 건 어떨까요?

*똘망똘망: 조금도 흐리지 않고 아주 밝고 똘똘한 모양

똑망똑망한
학생을
선택한거야

'똑망똑망' 중에서

darak

콩닥콩닥

마을 입구에서부터 그 사람의 오토바이 소리가 들리기 시작합니다. 기계음인데도 그 사람이 타고 다니는 오토바이 소리는 특별했습니다. 그래서 그 사람이 내게 오는 소리를 들을 수 있었습니다.

많은 사람들이 함께 걸어도 그 사람의 발자국 소리는 들을 수 있었습니다. 그래서 저만치 그 발자국 소리가 들리면 내 가슴은 콩닥콩닥 뛰기 시작합니다. 드디어 그 사람이 우리 아파트 계단을 살금살금 올라오고 있습니다. 마지막 계단을 딛고 초인종을 누르는 순간 내 심장은 그만 멈춰버릴 것 같았습니다.

그 사람을 생각하고
그 사람을 기다리고
그 사람을 맞이하는 순간순간이 행복입니다.

오랜 기억 속의 가슴 떨림을 소환해봅니다.
다시 그 설렘의 주인공이 되고 싶습니다.

*콩닥콩닥: 심리적인 충격을 받아 가슴이 자꾸 세차게 뛰는 모양

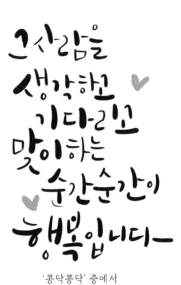

그 사람을
생각하고 ♥
기다리고
맞이하는
순간순간이
행복입니다─

'콩닥콩닥' 중에서

문치적문치적 *

이렇게 써봤습니다.
이게 아닙니다.
지우고 다시 씁니다.
또 지웁니다.

그리고 다시 또 씁니다.
연필로 씁니다.
마치 지우기 위해 쓰는 것처럼
쓰고 또 지우고
지우고 또 씁니다.
봉투에 '그대에게'라고 썼다 지우고
'보고픈 사람에게'라고 썼다 지우고
'내 사랑 그대에게'라고 썼습니다.

연필 자국은 점점 희미해져 가는데
그 편지는 아직 내 일기장에 있습니다.

*문치적문치적: 일을 결단성 있게 하지 못하고 자꾸 어물어물 끌어가기만 하는 모양

연필자국은
점점 희미해져
가는데
그편지는
아직
내일기장에
있습니다

'문치적문치적' 중에서

살금살금 🌱

이른 저녁 하늘 초승달이 반짝입니다.
멀리서 바라보던 샛별이 살금살금 다가갑니다.
조금만 더 가면 샛별이 초승달 품에 안길 수 있을 듯합니다.

초승달은 그
샛별은 나
우린 서로를 향해 다가갑니다.
그런데 어쩌죠?
샛별이 토라졌는지 보이지 않습니다.

나는 초승달이 잠들고 난 후에야 그에게 다가갑니다.
먼발치에서 그의 잠든 모습을 바라만 보다
다시 한 발짝씩 살금살금 다가가 봅니다.
이내 초승달이 잠에서 깨기 전 돌아갑니다.

견우와 직녀처럼 함께하기 어려운 초승달과 샛별의 안타까운 마음
을 달래려, 오른쪽 귀에 초승달, 왼쪽 귀에 있던 샛별을 한데 모아, 샛별
을 보듬은 초승달을 가슴에 매달아 봅니다. 그렇게 둘은 내 마음에서 하
나가 되었습니다.

*살금살금: 남이 알아차리지 못하도록 눈치를 살펴 가면서 살며시 행동하는 모양

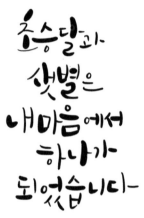

초승달과
샛별은
내마음에서
하나가
되었습니다—

'살금살금' 중에서

우렁우렁 🌸

오래전 어떤 결혼식에 갔을 때의 일입니다. 신랑이 신부에게 사랑을 노래하는데 정말 음치 수준입니다. 하지만 신부를 향한 다정한 눈빛과 사랑 가득 담은 신랑의 노래는 아직도 잊혀지지 않습니다.

임기를 마치고 다른 기관으로 이동할 때 한 후배는 의미 있는 선물을 하기 위해 직접 노래를 불러 녹음한 파일을 보냈습니다. 3년을 함께 근무하며 한 번도 들어본 적이 없었는데, 반주 음원에 맞춰 노래를 부르고, 간주 중에는 이별의 아쉬움과 감사 인사도 담았습니다. 자신은 정말 쑥스러워 망설이다 보냈다는 그 노래 한 곡에 마음이 가득 담겨있었습니다.

어느 가을 사찰에서 진행하는 행사에서 합창단과 가수로 활동하는 스님의 노래와, 키가 작고 뚱뚱한 비구니 스님이 한 여성 농아인과 함께 부르는 노래를 들었습니다. 비구니 스님의 노래는 턱없이 부족한 실력이었지만, 장애인들을 위한 사랑과 그런 스님을 돕는 농아인의 하모니는 그저 한마음, 한 호흡이었습니다. 스님의 가슴 밑바닥에서부터 토해내는 절절한 마음과 그 마음을 온몸으로 전달하는 농아인의 모습은 아직 제 마음에 울림으로 남아있습니다.

노래를 잘 못해 아직 고백을 망설이고 계신가요?
부족한 부분은 그 사람을 향한 마음으로 꼭꼭 채워 고백하세요.

*우렁우렁: 소리가 매우 크게 울리는 모양

그사람을
향한 마음은
꼭꼭 채워
고백하세요

'우렁우렁' 중에서

배슥배슥 *

첫아이 유치원 발표회 날입니다. 무대 준비와 아이들 소품, 분장으로 우왕좌왕 정신이 없습니다. 아이들은 무대에 서서 엄마 아빠가 행사장에 온 걸 확인한 후에야 안심하고 자신의 임무로 돌아가고, 아직 엄마를 찾지 못한 아이는 울다 헐레벌떡 달려온 엄마를 보고 나서야 울음을 그치고 무대에 섭니다.

배경음악이 시작되자 아이들은 무대 위에서 단상 아래 쪼그리고 앉아 율동을 지도하는 선생님을 보며 부지런히 따라 합니다. 관중석에 엄마 아빠는 내 아이가 실수하지 않는지 한시도 눈을 뗄 수 없습니다. 아이들은 그런 엄마 아빠의 마음은 아랑곳하지 않고 자신의 역할에 충실합니다.

그러다 초등학교 참관수업, 중학교 공개수업이나 고등학교 실기발표 때는 내 아이보다 더 잘하는 아이들을 보게 됩니다. 집으로 돌아오는 길 우리 아이가 잘한 부분보다 다른 아이보다 못한 부분이 더 많이 생각나 기분이 별로 좋지 않습니다.

잠깐! 내 아이들을 다른 아이들과 비교하기보다, 유치원 첫 발표회 그때처럼 내 아이에게 집중해서 아이가 잘할 수 있도록 믿고 응원해주면 어떨까요?

*배슥배슥: 어떠한 일에 대하여 탐탁히 여기지 아니하고 잇따라 조금 동떨어져 행동하는 모양

아이가
잘할수있도록
믿고응원해주면
어떨까요?

'배속배속' 중에서

바작바작

중학생인 아들은 집에 와서 친구들과 온라인 게임을 하느라 정신이 없습니다. 이런 아들에게 말로는 정해진 시간만 게임을 해야 한다며 점 잖게 표현했지만 사실은 몹시 못마땅했습니다. 고등학교 때 겨우 어르고 달래어 공부는 시작했는데 기대만큼 성적은 향상되지 않아 한마디 해야겠다며 벼르고 집에 오는 길, 아들 또래 친구들이 바다에서 사고를 당했다는 날벼락 같은 뉴스를 들었습니다.

철모르는 엄마는 특수부대를 지원한 아들이 훈련을 마치고 임관하여 통화가 자유로워질 때까지 100일간 반성문을 작성했습니다. 그리고 그때서야 엄마인 것처럼 소식 없는 아들에게 무슨 일이 생긴 것은 아닌지, 걱정하고 마음 졸였습니다. 듬직하고 의젓하게 잘 해내고 있는데도 믿어주지 못하고 그저 불안해했습니다. 그동안 엄마의 기준으로 평가하고, 제대로 믿고 응원해주지 못하고, 더 사랑해주지 못한 죄를 용서받기 위해 반성문을 썼습니다.

입대 후 10주 만에 첫 면회를 하던 날, 4개월 기본훈련을 무사히 마치고 임관하던 날, 천리행군을 마치고 돌아오는 아들은 늠름하고 자랑스럽기 그지없었습니다.

돌아보니, 우리 아이들은 부모가 자신을 위해 전전긍긍 걱정할 때 보다 자신을 믿고 응원해줄 때 더 밝고 씩씩하게 잘 성장하는 것 같습니다.

*바작바작: 진땀이 나는 모양

아이들은
자신을 믿고
응원 해줄때
더 밝고 씩씩하게
잘 성장하는것
같습니다-

'바작바작' 중에서

애먼글면 🌸

운동을 좋아하고 또 잘했던 청년은 군복무 중 희귀암 말기 판정을 받고 3개월 시한부 선고를 받게 됩니다. 병실에 누워 자신에게 남은 날을 어떻게 살 것인가 궁리하다 'Le Tour de France'를 그리고 꿈꾸기 시작했습니다.

'투르 드 프랑스'는 피레네산맥, 알프스산맥을 지나는 험준한 코스들이 있어 건강한 라이더도 경기 중 사망하기도 하는 아주 악명 높은 경기이기도 합니다. 경기 출전을 위해 동행 라이더, 의사, 촬영팀, 현지 가이드 10명으로 구성하여 49일간 달립니다. 달리다 쓰러지고, 또 일어나 달립니다. 일반인도 힘든 코스를 시한부 말기 암 환자가 달린다는 것은 그야말로 사투였습니다.

"아 씨! 내 암세포 다 떨어져 나가버려라."
죽을힘을 다해 달릴 때 청년의 암세포도 함께 죽어버리길 간절히 기원했습니다. 드디어 49일째 개선문 앞에 선 청년에게 물었습니다. 죽을 것처럼 힘든데 왜 달려야 하는지….
"그냥 죽음을 기다리며 살아있는 시간을 죽이고 싶지 않았어요. 병실에 누워 경기를 꿈꾸고, 고개를 달릴 때는 정말 내가 살아있는 것 같았어요. 살아서 나보다 어린 말기 암 환자들에게 희망이 되고 싶어요."
안타깝게도 그는 1년 후에 사망하지만, 그의 도전은 누군가에게 또 다른 용기가 되리라 생각합니다.

*애먼글면: 몹시 힘에 겨운 일을 이루려고 갖은 애를 쓰는 모양

그냥 죽음을
기다리며
살아있는
시간을
죽이고
싶진 않아요

'애면글면' 중에서

비틀비틀 🌱

학교 운동장 한쪽에는 먼 곳에 사는 친구들이 타고 온 자전거 보관소가 있었고, 난 자주 부러움의 눈길을 보내곤 했습니다. 그런 아쉬움을 어른이 되어서야 채우게 되었습니다. 누군가는 핸들을 놓고 달리고, 누군가는 꾸불꾸불 힘든 고갯길을 올라가고, 누군가는 연인을 태우고 달리기도 하던데 나는 그저 넘어지지 않고 탈 수만 있어도 좋겠다는 생각이었습니다.

"뒤에서 잡아줄 테니 걱정하지 말고 그냥 앞만 보고 가."

"진짜? 그 손 절대 놓으면 안 돼."

어느 순간 자전거와 나는 땅바닥에 나동그라지고, 손바닥은 흙과 피가 범벅이 되었고, 무릎은 따끔거리고 바지를 따라 무언가 흘러내립니다.

"씨이. 나 자전거 안 배울래. 앞으로 가기는 커녕 맨날 넘어지기만 하잖아."

"자전거는 비틀비틀 넘어지면서 배우는 거야. 한 번도 넘어지지 않고 자전거를 배울 수는 없어. 대신 넘어질 때마다 다시 일어나서 페달을 밟고 앞으로 가면 되는 거야."

넘어질지도 모른다는 두려움 때문에 자전거 위에 올라서지 못한다면 아름다운 자전거의 추억은 평생 간직할 수 없습니다. 그녀와 함께 시원한 바람을 가르며 강둑길을 달리는 행복을 위해 오늘은 밀쳐 두었던 내 마음속 자전거를 꺼내 달려 볼까요?

*비틀비틀: 힘이 없거나 어지러워서 몸을 바로 가누지 못하고 계속 이리저리 쓰러질 듯이 걷는 모양

넘어질때마다
다시 일어나서
앞으로 가면
되는거야

'비틀비틀' 중에서

아득바득 🎵

턱관절이 아파 병원에 갔습니다. 왜 턱이 아픈지, 기억을 더듬어도 도무지 아플 이유를 찾을 수 없었습니다.

"혹시 최근에 스트레스를 심하게 받은 적 있으세요?"

"직장생활하면서 스트레스 안 받고 사는 사람도 있나요? 최근에 상사와 추구하는 바가 달라 좀 힘들긴 합니다만….'"

"자면서 무의식중에 스트레스를 참으려고 이를 꽉 다물며 안간힘을 쓴 것 같습니다."

상사와는 뜻이 맞지 않아 힘들었지만 스스로에게 참을 만하다고, 참아야 한다고 우기고 있었나 봅니다. 내가 하는 일의 의미와 가치는 상사와의 갈등도 이길 수 있다고 생각했었나 봅니다. 그런데 무의식중에 고통스러워하는 자신을 보게 되었습니다.

한가지 스트레스에 매달리면 그 스트레스 크기와 무게가 점점 크게 느껴지는 것 같습니다. 피할 수 없는 스트레스를 줄이는 방법은 그 보다 더 행복하게 몰입할 다른 일을 하는 것입니다. 상사와의 스트레스를 논문에 집중하느라 힘든 줄 모르고 있었던 것처럼 기쁨과 성장을 위한 스트레스 맞불 작전으로 대응해보면 어떨까요?

당신의 행복한 성장을 위해 몰입할 수 있는 건 무얼까요?

*아득바득: 몹시 고집을 부리거나 애를 쓰는 모양

스트레스를
줄이는 방법은
행복하게
몰입할 다른 일을
하는 거예요

'아득바득' 중에서

따짝따짝

그 아이는 마음이 답답했습니다. 무언가 속 시원히 말하지 못하고, 어느 것 하나 깔끔하게 해결되지 못하는 상황들이 갑갑하고 짜증이 났습니다.

'우리집은 왜 이렇게 가난하고, 엄마 아빠는 왜 맨날 싸우기만 하는 거야?'

'나도 공부도 잘하고 싶고 친구들이랑 잘 놀고 싶은데 왜 안 되지?'

내 몸에 상처를 내기 위해 집중하다 보면 잠시 마음이 가라앉으며 평안해지고 답답한 마음이 시원해지는 것처럼 느꼈습니다. 그렇게 또 한 순간을 넘겼습니다. 하지만 정신을 차리고 난 후 그 상처가 보기 싫어 또 그 위를 긁고 있지는 않나요? 사실은 그 순간의 쾌감보다 어쩌면 누군가를 향한 호소이고 웅변이지 않을까요?

'나 지금 힘들다'

'나 지금 위로 받고 싶다'

'나 존중받고 싶다'고 온몸으로 말하고 있는 것은 아닐까요?

짜증나고 답답하고 화가 나서 참기 어려울 땐 숨이 턱에 차고 더 이상 나아갈 수 없을 때까지 걷고 뛰고, 손을 따짝따짝 긁고 싶을 땐 팔이 부러져라 좋은 글을 필사하고, 목이 터져라 노래하고, 온몸을 흔들어 춤을 추는 건 어떨까요?

*따짝따짝: 손톱이나 칼끝 따위로 자꾸 조금씩 뜯거나 진집을 내는 모양

목이터져라~
노래하고
온몸을흔들어
춤을추는건
어쩔까요?

'따짝따짝' 중에서

알콩달콩 🌷

두 사람이 함께 만나기 위해서는 서로를 향해 걸어야 하는데
때론 양방향으로 가기도 하고
때론 철로처럼 만날 수 없는 길을 가기도 하고
때론 누군가의 뒤통수만 보며 한 발짝 떨어져 걷기도 합니다.

그녀는 오랫동안 가족들에게 높은 담을 쌓고 있었습니다.
언제부터 쌓기 시작했는지, 어떤 이유에서 시작되었는지는 아무도
모릅니다. 가족들은 그녀를 향해 다가오는데 그녀는 자꾸 도망치고 심
지어 담까지 쌓았습니다. 그리고 그 담벼락에 기대어 혼자 울었습니다.

결국 말기 암 판정을 받고 죽음을 준비하면서야 서류상으로 다시 하
나가 되었습니다.
저항할 수 없어서였을까요?
그저 감사한 마음이었을까요?
그래도 곁에서 지켜보는 저는 그나마 위로가 되었습니다. 먼저 가는
그녀를 바라봐주는 이들이 있어 다행이라 생각했습니다.
그리고 또 기대해봅니다.

부디 저 세상에서나마 알콩달콩 행복하기를….

*알콩달콩: 아기자기하고 사이좋게 사는 모양

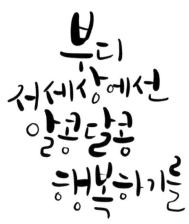

부디
저세상에선
알콩달콩
행복하기를

'알콩달콩' 중에서

갈팡질팡 🌹

집은 내게 감옥 같았습니다.
그곳만 빠져나오면 행복할 것 같았습니다.
잘 살 것 같았습니다.
그래서 슬그머니 그곳을 빠져나왔습니다.

내가 아이들에게 놀림을 받고, 심지어 맞고 쓰러져도, 친구는 내 편을 들어주고 위로해주었습니다. 그 친구만 있으면 어떤 일도 할 수 있었고, 그 친구를 위해서라면 무엇이든 할 수 있었습니다. 감옥 같은 집을 나와 친구와 달콤한 시간 속에서 옳고 그름의 판단 없이 무작정 따라 하다 보니 어느 날 내가 서 있는 곳은 소년원이었습니다.

어쩌다 이곳에 이르렀는지 생각을 더듬어 봅니다. 그리고 어떻게 하면 제자리로 돌아갈 수 있는지 생각해보았습니다. 다시 집으로 돌아가 학교에 갑니다. 떨어져 있던 시간만큼 친구들과 가족들과 거리는 멀어져 있지만 이겨내 봅니다. 조금씩 가족들에게, 친구들에게 다가가려 애써봅니다. 조금씩 틈이 좁아지고 가까워지기 시작합니다. 이제는 진짜 집으로 돌아갈 수 있을 것 같습니다.

그리고 다음에 다시 집을 나올 때는 가족들의 축하를 받으며 당당하게 나설 수 있을 것 같습니다.

*갈팡질팡: 갈피를 잡지 못하고 이리저리 헤매는 모양

다시 집을
나올 때는
가족들의
축하[2]을
받으며
당당하게
나설 수
있을 것 같습니다─

'갈팡질팡' 중에서

뽀롱뽀롱 🌱

간혹 어떤 아이들이 6개월 혹은 1년쯤 자신의 집이나 소속을 떠나 제한된 공간에서 자신과 유사한 환경에 처한 이들과 지내야 하는 때도 있습니다. 학교에서도, 집에서도 '나 따위'엔 관심도 없습니다. 그저 있는 듯 없는 듯 조용히 지내주길 바랄 뿐입니다. 그런 저는 또래 아이들과 지내면서도, 적응하고 반성하기보다 탓하고, 짜증나고, 불편했습니다. 그래서 누군가 지나가다 제 팔을 스치기만 해도 버럭 화가 났고, 또 싸움이 되었고, 무시하는 것 같은 태도들로 자신에게도, 다른 사람들에게도 걸핏하면 톡톡 쏘곤 했습니다.

그러던 어느 날 산책 중에 한 선생님이 제게 오랫동안 관심을 갖고 계셨다는 사실을 알게 되었습니다.

'아. 누군가는 나를 따뜻하게 지켜보고 있구나.'

삼각형처럼 뽀족했던 저는 그 선생님께 다가가기 위해 모서리를 지울 방법을 찾기 시작했습니다. 선생님은 제가 친구들과 고운 말을 쓸 때, 누군가에게 도움이 되는 행동을 했을 때, 책을 읽고, 무언가 열심히 하려는 모습을 보일 때면 미소를 짓고 계셨습니다.

저는 지금 뽀족한 세모에서 네모가 되어가는 중입니다.

그 다음엔 동그라미가 되어 세상을 향해 데굴데굴 굴러가 보려구요.

*뽀롱뽀롱: 성미가 부드럽지 못하여 남을 대하는 것이 몹시 까다롭고
걸핏하면 톡톡 쏘기를 잘하는 모양

동그라미가─
되어
세상을향해
데굴데굴
굴러가 보아요

'뽀롱뽀롱' 중에서

포닥포닥 🕊

"저는 가출한 이후 6개월 이상을 사회에서 지내본 적이 없었는데 지금 2년 넘게 사고 안 치고 잘 지내고 있어요. 술 담배 끊고 비행청소년에서 한 아이의 엄마가 되고, 일 할 곳이 있고, 보금자리가 있고, 빚도 따박따박 갚고 당당하게 살아갈 수 있어 너무 좋아요. 감사드려요."

"다닐 회사가 있고, 아침형 인간이 되고, 급여 타서 따박따박 채무 갚고 남는 돈 거의 없어도 웃으며 살아갈 수 있는 지금의 내가 있을 줄이야. 내 꿈이었는데 이루었습니다. 이제 대학만 가면 완전 대박입니다."

저 아래 깊은 땅속에 있는 물을 끌어올리기 위해 한 바가지의 물이 필요한 것처럼 그들의 마중물이 되어보겠다는 마음으로 시작했던 작은 손길이 이제는 저에게 더 큰 힘이 됩니다. 청소년 쉼터 친구들을 위해 '행복한 성장을 위한 프로그램'을 준비하고 있는 제게 이 친구들은 말합니다.

"열심히 일하고 잘 살테니 다음엔 저희도 데려가 주세요."

이 친구들은 끝없이 밀려오는 파도를 이겨내고 있고, 또 언제 그 파도가 다가올지는 모르지만 이제는 그 파도에 맞서는 법과 조금씩 그 파도를 즐기는 법을 알아가고 있습니다. 저는 그들이 인생이라는 파도 위에서 포닥포닥거리다 춤출 날을 기도합니다.

*포닥포닥: 작은 새가 가볍고 재빠르게 잇따라 날개를 치는 모양

인생이라는
파도위에서
포닥포닥
거리며
춤출날을
기도합니다.

'포닥포닥' 중에서

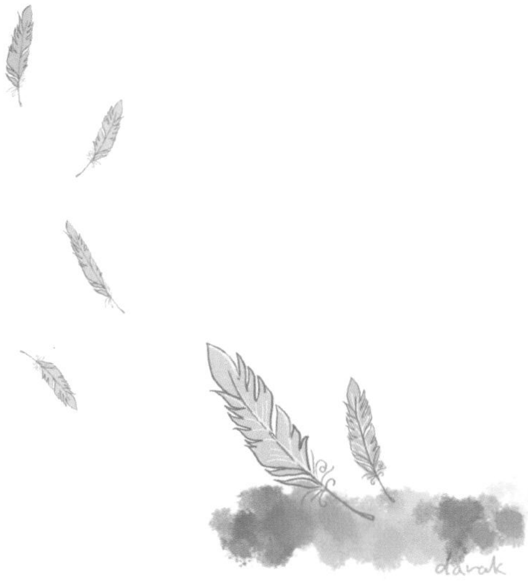

사뿐사뿐 🌷

 그 소녀의 학창시절엔 유안진 시인님의 '지란지교를 꿈꾸며'라는 글
이 한창 유행이었습니다. 그런데 그 소녀가 더 좋아하는 글이 있었습니
다. 마치 작가님이 소녀의 마음속에 살고 있었던 것 같은 그런 글….

 '소녀여, 내 비록 평범한 소녀로 남다른 데가 없지만 자라면서 철들
면서 뭔가 조금씩 남과 달라지고 싶어요. 남보다 앞질러 잘 해내는 재주
는 없어도 한두 가지에서만은 다른 소녀들과 달라지면서 뭔가 다른 데
가 풍겨나는 그런 소녀로 자라고 싶어요. 남들이 학교 공부만 할 때에
도 학교 공부에 보태어 좋은 시를 외우고, 남들이 디스코를 얘기하고 탤
런트나 운동선수를 얘기할 때에는 보태어 나는 시인과 작가들의 생애를
얘기하고 싶어요.'

 용기 내어 작가님께 편지를 썼습니다. 지금 생각하면 어느 여고생의
팬레터쯤 되겠지요? 작가님은 답장으로 소녀에게 '지은이'라는 친필 서
명을 한 네 권의 책을 보내주셨습니다. 그 책은 소녀에게 문심(文心)을
심어주었고, 시인과 작가들의 생애를 이야기하는 남다른 보통소녀가 될
수 있는 힘이 되어주셨습니다.

 남다른 보통소녀를 꿈꾸던 그 소녀는 이제 보통소녀를 꿈꾸는 남다
른 소녀들에게 사뿐사뿐 다가가 봅니다.

*사뿐사뿐: 소리가 나지 아니할 정도로 잇따라 가볍게 발을 내디디며 걷는 모양

부통소녀를
꿈꾸는
남다른소녀에게
사뿐사뿐
다가가봅니다ー

'사뿐사뿐' 중에서

4장

•

가을 햇살과 함께
익어갑니다.

산들산들 🌸

집과 사무실만 오가는 서틀버스 같은 무료한 날들이 계속될 무렵 동영상 강의 요청이 왔습니다. 평소 강의 영역과 다른 분야의 교육생들인데다 비대면이라 강의안은 텍스트보다는 편안한 이미지를 중심으로 보완했는데, 생기 있는 목소리는 어떻게 해야 할지 고민되었습니다. 궁리 끝에 평소보다 한 시간 일찍 일어나 동네 신작로를 걸어보기로 했습니다.

이른 가을 아침 안개를 헤치며 무작정 신작로를 따라 걸었습니다. 어느 날은 그 길에서 초롱초롱한 이슬을, 또 어느 날은 어슬렁어슬렁 여물단지로 걸어오는 소의 눈망울도 보았고, 매일매일 새로운 불곡산의 일출을 만날 수 있었습니다. 또 씩씩하게 팔다리를 휘저으며 열심히 걷는 청년도, 노부부의 다정한 모습도 만났습니다.

그렇게 걷다 보니 나락이 익어가고, 허수아비도, 코스모스도 반갑게 만날 수 있었습니다. 휴일엔 더 오래도록 가을을 느끼기 위해 커피와 책을 데리고 나서기도 했습니다. 나락이 영글어가는 소리와 나락 사이로 불어오는 가을바람을 맘껏 느낄 수 있는 목 좋은 곳에 걸터앉아 가을 햇살을 한 아름 보듬는 행복에 취했습니다. 이때 누군가 양희은님의 '가을아침'이란 노래를 보내주셨습니다.

우리 내일 아침 가을 햇살 가득한 들길에서 만날까요?

*산들산들: 사늘한 바람이 가볍고 보드랍게 자꾸 부는 모양

우리내일
아침가을햇살
가득한
들길에서
만날까요?

'산들산들' 중에서

구불구불 🌸

　이른 봄 매화 소식이 들려올 때면 괜히 섬진강 주변을 얼쩡거려야 할 듯합니다. 장거리 운전에 피곤한 밤, 벗굴 한 접시와 은어 튀김을 안주 삼아 막걸리 한잔 쭉 걸치고, 다음 날 재첩국으로 해장하고 섬진강을 따라 걷습니다. 굳이 꽃밭에 들어가지 않아도 매화 향기는 섬진강 윤슬과 아지랑이 따라 너울너울 춤추며 날아옵니다. 그 길에 설 수 만 있어도 행복한 봄날입니다.

　강원도 오대산에서 발원한 동강 물줄기를 따라가다 절벽 끝에 서있는 동강할미꽃에 감탄하다보면 강물에 하늘하늘 반짝이는 쉬리나 버들치를 못 볼 수도 있답니다. 동강은 깊은 산 굽이굽이 협곡들을 지나며 많은 나무들과 바위, 자갈들과 모래, 꽃들과 함께여서 아름답습니다.

　남해 가천마을의 가을은 뒷산을 병풍 삼고, 남해바다를 놀이터 삼아 그 사이 구불구불, 층층이 작은 논들이 노랗게 물들어 가고 있습니다. 다랭이논의 아름다움은 곡선을 그대로 살려 자연과 조화를 이루는데 있습니다. 논 모퉁이마다 경작하는 어르신들의 수고로움이 있어 더 아름답습니다.

　때로는 시원하게 뻗은 길보다, 곧게 자란 나무보다, 탄탄대로의 삶보다, 굽이 돌아가며 누군가를 품어주는 모퉁이가 있는 삶이 멋져 보입니다.

*구불구불: 이리로 저리로 구부러지는 모양

굽이돌아가며
누군가를
품어주는
모퉁이가있는 삶

'구불구불' 중에서

다물다물 🌸

　나락이 여물기 시작하면 우리 엄마는 '행여나 가을비가 내려 콤바인이 수렁논에 못 들어가면 어떡하나?' 애면글면 걱정이 많아집니다. 몇 개 소작논 중 크고 수확량이 많은 논인데 손으로 베어 큰 길로 옮기다 보면 나락 손실이 많아집니다. 하늘도 무심하시지 결국 추수를 앞두고 비가 내립니다. 우린 어쩔 수 없이 나락을 베어 지게로 져서 논둑으로 내야 합니다. 한 지게에 몇 단씩 차곡차곡 쌓으니 다물다물 낟가리가 커져갑니다.

　집집마다 탈곡을 마치고 난 볏짚을 한 단씩 묶어 지금의 내 키 높이만큼 동아리를 만들어 쌓아 놓습니다. 우리는 어른들 몰래 동아리 가운데 볏짚을 덜어내고 요새를 만듭니다. 섬마을 거센 눈바람에 우리 작은 몸뚱이가 날아갈 것 같을 때도 우리는 이 동아리에서 저 동아리로 뛰어가는 걸 몇 차례 하다보면 어느새 집에 도착하기도 했습니다.

　가을 추수가 끝나고 겨울방학 때까지는 곧장 집으로 온 날 보다 더 많은 날들을 우리의 요새인 참새방앗간에서 놀았습니다. 그곳에서 친구들과 불량식품을 나눠 먹기도 하고, 어느 때는 언 몸을 녹이다 볏짚 온기에 스르르 잠이 들기도 했습니다.

　겨울이 깊어갈수록 볏단은 땔감으로, 새끼나 가마니 재료로, 소여물로 변신하느라 동아리는 작아지고 하나둘씩 사라져 가지만 아직 내 마음속 그곳은 우리의 따뜻한 추억이 볏단처럼 다물다물 쌓여 있습니다.

*다물다물: 물건이 무더기무더기 쌓인 모양

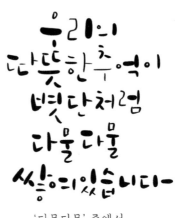

우리의
단뜻한추억이
볏단처럼
다물다물
쌓여있습니다~

'다물다물' 중에서

발밤발밤 🌸

　반백 년쯤 살다 보면 한번쯤 가던 길 멈추고 지금껏 걸어온 길과 걸어가야 할 길에 대해 생각하게 되나 봅니다. 지나온 길들을 더듬고 멈춰 서서 어떤 길로 갈 것인지 방향을 정하는 것이 참 중요하다는 생각입니다.

　퇴직한 선배님들을 만나면 굳이 어떻게 지내시는지 묻지 않고 얼굴과 표정만 봐도 퇴직 후의 삶이 어떤지를 느낄 수 있습니다. 그 얼굴은 그저 겉으로 드러나는 신체적 모습(身相)만이 아니라 마음씨가 포함된 모습(心相), 보태어 어떤 일상을 보내고 있는지 행상(行相)까지도 볼 수 있는 듯합니다.

　SNS에 이름이나 사진 등을 통해 각자의 성격이나 관상을 알아보는 정보들이 공유되면 슬그머니 내 이름과 사진을 적용해 봅니다. 기대하고 자랑할 만한 정보라면 타인들과 공유하겠지만 만족스럽지 않을 땐 혼자 보고 지우기도 합니다. 사실 이 결과는 그동안 게시한 글이나 사진 자료들을 종합하여 분석한 것이기에 시스템이 자신의 모습을 객관적으로 보여준 것이라 생각합니다. 손금도 마찬가지입니다. 그동안 내 손이 한 모든 것들의 결과물이 때로는 굵고 강한 선으로, 때로는 가늘고 많은 갈래 선으로 나타나곤 합니다.

　우리 오랜 시간 참 많은 길을 걸어왔습니다.
　지금껏 '걸어온 길'과 지난 시간 '걷지 못한 길'이 있는데, 앞으론 '어떤 길'을 걷고 싶으신지요?

*발밤발밤: 한 걸음 한 걸음 천천히 걷는 모양

'걸어온길'
'걷지못한길'
앞으론
'어떤길'을
걷고싶으신지요?

'발밤발밤' 중에서

미적미적 🌸

　어느 늦가을 약속 장소에 일찍 도착해 어슬렁어슬렁 학교 운동장을 배회하다 나무들 사이에서 붉게 빛나던 녀석을 만났습니다. 멀리서 단풍인줄 알고 다가가니 아직 살아서 방긋거리고 있는 홍매화입니다. 이른 봄에 피는 녀석인데 때도 모르고 늦가을에 홀로 피어 애처롭습니다.

　가끔 겨울에 진달래를 만나기도 하고, 늦가을에 개나리를 만나기도 합니다. 이상기온 때문에 저 모양이 되었을 수도 있지만, 철모르고, 철없이 사는 사람을 닮았다는 생각도 해봅니다.

　간혹 뒤늦게 철들어 무언가를 하겠다는 사람들이 있습니다.
　환갑이 되어서야 못했던 영어공부를 하겠다고, 그림을 그려보겠다고….
　"다 늙어서 뭘 해요."

　봄에 피던 홍매화가 때론 가을에 홀로 필 수도 있습니다.
　그래서 외로울 수도 있지만 늦게라도 꽃피울 수 있어 행복합니다.
　한 번도 피어보지 못하고 죽어가는 나무들도 있습니다.
　지금도 늦지 않았습니다.
　더 늦기 전에 어떤 꽃을 피우고 싶으신가요?

*미적미적: 자꾸 꾸물대거나 망설이는 모양

늘 세라도
꽃 피울 수 있어
행복합니다-

'미적미적' 중에서

어슬렁어슬렁 🌷

취미로 시작했던 것들이 어느새 하나둘 작품이라는 이름으로 모여 작은 전시회를 하게 되었습니다. 전시회장으로 가는 길에서 만난 모든 것들이 반짝반짝 빛나고 있습니다. 설렘의 크기만큼 긴장하고 갈팡질팡 어수선한 모습을 보며 혼자 웃습니다.

전시회는 많은 이들 앞에 그동안의 수고를 평가받는 긴장의 순간이기도 하고, 살짝 고개 돌려보면 수고로운 작업이 마무리되어 편안한 시간이기도 합니다. 하마터면 긴장에 가려진 설렘과 행복을 놓칠 뻔 했습니다.

골목길을 누비다 친구들을 만나 해지는 줄 모르고 놀던 그때처럼, 신나게 함께 쓰고, 그리다 보니 작품이 되어 갑니다. 소꿉장난에서 흙과 풀로 만든 밥상이 어느 날 진짜 밥이 되는 것처럼 놀이가 밥이 되기도 합니다. 그리고 밥은 다시 힘이 됩니다.

어른들에게도 아이들처럼 놀거리가 필요합니다. 신나게 놀고 즐기다 보면 어느새 놀이가 밥이 되고 힘이 되기도 합니다.
오늘은 어느 골목으로 가볼까요?
더 늦기 전에 어슬렁어슬렁 재미있게 놀거리를 찾아보아요.

*어슬렁어슬렁: 몸집이 큰 사람이나 짐승이 몸을 조금 흔들며 계속 천천히 걸어 다니는 모양

신나게놀고
즐기다보면
어느새
놀이가밥이
되고
힘이되기도
합니다

'어슬렁어슬렁' 중에서

다복다복 🌱

언젠가는 그토록 내 곁에 있어 달라고 애원해도 줄행랑을 치더니만 언제부터인지 저를 따라오고 있어요. 그저 좋다고 졸졸 따라오는 그 녀석에게 물었습니다.

"왜 자꾸 날 따라오는 거야?"

"네가 좋아서"

"왜 내가 좋아?"

"네가 살아가는 모습이 보기 좋아."

"나보다 돈도 많고 열심히 잘 살아가는 사람도 많은데 왜 나야?"

"혼자 잘 사는 사람도 있지만 넌 누군가 잘 살아갈 수 있게 도와주잖아. 함께 잘 살 수 있도록 애쓰는 네가 좋아."

한참 올라오던 꽃소식이 주춤합니다.

꽃샘추위에 화들짝 놀란 모양입니다.

살다보면 우리도 이렇게 꽃샘추위를 만나기도 합니다.

하지만 아무리 추운 겨울도 봄기운을 이겨내진 못합니다.

삶의 꽃샘추위로 움츠러든 이에게 봄볕을 선물하는 당신이야말로 정말 행복한 사람입니다.

*다복다복: 풀이나 나무 따위가 여기저기 아주 탐스럽게 소복한 모양

봄볕을
선물하는
당신이야말로
정말행복한
사람입니다~

'다복다복' 중에서

거뜬거뜬 🌸

　고등학교 졸업을 앞두고 순천행 비둘기호 열차를 타고 가는 길 창가 쪽에 한 할머니가 앉아 계셨습니다. 말 한마디 건네지 못했지만 연세가 지긋하신데도 곱고 단정하고, 그런가 하면 인자하고 무언가 기품 있어 보였습니다.

　'나도 담에 저런 모습으로 늙어야지'라고 다짐했습니다.

　첫 직장에 발령 받고 선배님들께 인사드리고, 시설물들을 돌아보고 있었습니다. 휴게실엔 격무에 시달린 선배님들의 지친 모습이 안타까웠습니다.

　'내가 선배가 되면 후배들에게 씩씩한 모습을 보여줘야지'라고 다짐했습니다.

　그렇게 씩씩한 선배가 되기 위해, 단아하게 나이 들기 위해, 무언가 쉬지 않고 했습니다. 수다를 떨면서도 손으론 무언가를 하며 자투리 시간을 활용하며 그렇게 후회하지 않은 삶을 위해 앞만 보고 걸었습니다.

　그러다 문득 옆을 돌아보았습니다. 혼자 걸어가고 있었습니다. 외롭고 힘들어 동료들에게 손 내밀었습니다. 동료들은 흔쾌히 내 손을 잡아주었습니다.

　둘이, 셋이 함께 걸으니 더 재밌게, 더 멀리 걸을 수 있습니다. 이제는 더 많은 이들과 함께 기쁘게 걸을 수 있을 것 같습니다.

*거뜬거뜬: 여럿이 다 또는 매우 마음이 후련하고 상쾌한 느낌

함께걸으니
더재밌게
더멀리
걸을수있습니다

'거뜬거뜬' 중에서

말랑말랑 🌷

　오래전 제주도 여행코스엔 승마체험이 있었습니다. 빨간 승마복을 입었던 기억은 남아 있지만 말의 체온이나 동작, 느낌은 잊은 지 오래입니다.

　언젠가는 몽골의 푸른 초원을 시원하게 달려보자는 원대한 꿈을 위해 동네 승마장을 찾아갔습니다. 처음 타게 된 말은 제 키와 비슷하고 잘 훈련된 말이었지만 평소 동물을 그다지 좋아하지 않는 저는 두렵고 겁이 났습니다. 오랜 시간 식물과 무생물들처럼 스스로 움직일 수 없는 것들을 주로 대했기 때문에 내 의지대로 일방적으로 행동했고, 그런 상황에 길들여져 있었던 것 같습니다.

　말을 잘 타기위해서는 말과 내가 호흡을 맞추는 것이 매우 중요한 일입니다. 내 손과 발이 조화를 이루지 않으면 동작이 어색하고 불편하듯이, 말과 내가 호흡을 맞추지 않으면 서로 불편하고 심지어는 낙마하게 됩니다. 말과 한 호흡이 되기 위해서는 먼저 인사하며 교감을 나누고 그의 움직임을 느껴보는 것입니다. 그리고 그 움직임에 내가 맞추는 것입니다.

　문득 그런 생각이 들었습니다. 나이가 들며 점점 꼰대가 되는 것은 나만의 생각과 고집만을 주장하기 때문이 아닌가 싶습니다. 저도 꼰대가 되지 않기 위해 세상이 하는 이야기, 자녀나 후배들의 이야기에 귀를 기울여 보도록 애써야겠습니다.

*말랑말랑: 매우 또는 여기저기가 야들야들하게 보드랍고 무른 느낌

자녀나
후배들의
이야기에
귀를 기울여
보도록
애써야겠습니다

'말랑말랑' 중에서

으쓱으쓱 🌷

"애가 참 잘 생겼어요."

둘째 아이를 출산하고 멍하니 누워있는 제게 간호사는

"첫아이도 우리 병원에서 낳으셨네요. 둘째는 아들입니다. 축하드립니다."

출산할 때까지 아이의 성별을 모르고 있었던 저는 '둘째는 아들입니다'라는 말을 듣고서야 맏며느리 소임을 다 한 것 같아 세상을 가진 듯한 넉넉함이 생겼습니다.

남들에겐 당연한 학사모가 6년 만에 3교대 야간근무, 연애, 결혼, 출산, 또 출산으로 겨우 졸업하는 이에겐 특별한 의미가 됩니다. 까만 가운에 노란 프리지아 꽃다발을 들고 사진을 찍어 대학에 보내주지 못해 늘 미안해하시던 엄마께 그 사진을 보내드렸습니다.

한 권의 책을 쓰고 꿈에 그리던 북 콘서트를 준비했습니다. 오프닝연주, 친필 사인, 캘리 액자 전시, 다과, 이런 부대 행사들도 좋았지만 '나'라는 한 사람을 위해 준비된 그 공간을 마음 내어 찾아와준 한 분 한 분이 감동이고 감사였습니다. 그날 오셨던 분들이 보내준 사랑의 비행기는 지금도 제 마음에서 훨훨 날갯짓하고 있습니다.

내 생애의 최고의 순간은 지금의 나를 있게 한 태어난 순간과 행복한 지금 이 순간인 것 같습니다. 그대의 생애 최고의 순간은 언제일까요?

*으쓱으쓱: 어깨를 들먹이며 잇따라 우쭐거리는 모양

내 생애
최고의 순간은
지금의 나를 있게 한
태어남의 순간과
행복한 지금
이 순간입니다

'으쓱으쓱' 중에서

주렁주렁 🌷

어린 시절 그 소년은 옆집 사는 과수원집 아들이 부러웠습니다. 귀한 과일을 맘껏 먹을 수도 있고, 넓은 과수원을 가지고 있다는 것 자체가 부러움의 대상이었습니다. 그때 다짐했습니다.

'나도 이다음에 돈 많이 벌어서 꼭 과수원 할 거야. 그래서 너희 농장보다 더 탐스럽고 맛있는 감을 키울 거야'

그 다짐은 하루하루 직장생활에 쫓기며, 아이들 뒤치다꺼리하느라 희미해져 갔습니다.

그러다 문득

'퇴직하면 어떻게 살지?'

'아직 해 보고 싶은 건 뭘까?'

잊고 있었던 그 다짐을 슬그머니 꺼냈습니다. 그리고 고향 근처 볕 좋은 땅 한 뙈기 사서 감나무를 심기 시작했습니다.

어느덧 농장 가득 감나무가 자라고 있습니다.

마른 가지에 감잎 새순이 쫑긋쫑긋 나기 시작할 때

반지르르한 감잎에 아침이슬 대롱대롱 매달릴 때

감잎 사이로 수줍게 피어나는 감꽃을 보며

가을 햇살 가득 안고 탱글탱글 감이 영글어 갈 때

우리의 행복도 주렁주렁 매달리는 가을입니다.

*주렁주렁: 열매 따위가 많이 달려 있는 모양

감이영글어갈때
우리의행복도
주렁주렁매달리는
가을

'주렁주렁' 중에서

번지르르 🌷

어느 고위공직자는 퇴직을 앞두고 고민이 많았습니다.

'따박따박 공무원 연금 받으며 그 만큼만 살면 되는 걸까?'

'내가 건강하게 누군가에게 도움이 되는 일은 없을까?'

'내가 해보고 싶었던 건 뭘까?'

간혹 프랜차이즈 업체나 유령 투자회사의 유혹이 달콤해 보이기도 했지만 내 입에 딱 맞는 떡은 보이지 않았습니다.

'남들 보는 눈이 있는데'

'왕년에 내가 거느린 인원이 몇 천 명인데'

'번지르르한 직장은 아니더라도 최소한 이 정도는…'.

퇴직 후 최소한이라 생각하는 그 정도를 충족하며 덥석 내 손을 잡아 주는 곳은 없었습니다. 퇴직 전에 이미 '내려놓아야 한다' 생각하고 마음 먹었었는데, 생각에 불과했던 큰 무궁화를 떼어내고 나니 무엇이든 할 수 있을 것 같습니다.

그는 보일러 기능사와 전기기능사 자격증을 따서 새벽밥 먹고, 버스 타고 다니면서 기계실에서 도시락 먹으며 야근을 했고, 3년 후 집 가까운 곳으로 전직을 하게 되었습니다. 앞으로 한참은 자신의 몸을 움직여 누군가에게 도움이 되는 일을 할 수 있을 것 같다고 합니다. 그리고 아직도 해보고 싶은 것이 많다며 오늘도 짬짬이 책장을 넘깁니다.

*번지르르: 말이나 행동 따위가 실속은 전혀 없이 겉만 그럴듯한 모양

큰무능화
몇개내려놓고나니
어떤일도
다시시작할수
있을것같습니다

'번지르르' 중에서

darak

모락모락 🌷

    칠곡할매들은 평생 자식들 공부시키겠다고 논밭에서 일만 하다가 '내 손으로 내 이름 석자 써보겠다'며 연필을 잡고 공책에 끄적거리기 시작했습니다. 기역니은이 문장이 되고, 또 시가 되었습니다. 할매들은 시인이 되고 또 영화배우도 되었습니다.

    서울에서 래퍼로 활동하던 젊은 청년은 고향인 순창에서 60세 이상 할머니들을 대상으로 랩을 지도하여 이 과정을 담은 다큐멘터리가 국제 에미상 후보까지 올랐다는 소식도 있습니다. 얌전공주, 꽃샘할매, 입술부자, 빅맘… 할머니들의 별명도 곱습니다. 가요나 민요만도 숨이 차서 부르기 쉽지 않은데, 랩이라니요!

    어느 지역 도서관 카페에는 어르신들이 하얀 셔츠에 까만 앞치마와 두건을 두르고 젊은이들에게 커피를 팔고 계십니다. 동작은 날렵하진 않지만 두건 사이로 그분들의 은발은 반짝반짝 빛나고 손님들을 향한 눈길엔 따뜻한 미소가 가득합니다.

    오늘도 할머니들의 시와 랩과 커피에 담긴 사랑은 모락모락 따뜻하게 피어나는 중입니다.

*모락모락: 느낌이나 생각 따위가 마음속에서 계속 조금씩 일어나는 모양

시와2냅희-
커피에담긴
사랑은
모락모락
피어나는중

'모락모락' 중에서

뭉클뭉클 🌷

세상에서 누군가의 몸과 마음에 상처를 주고 높은 담장 안으로 들어온 여인들이 있었습니다. 그녀들은 다른 이들의 상처보다 자신의 발등에 떨어진 불을 끄기에 급급했습니다. 그 불은 자신에게도 상처를 입혔고, 누군가의 생명을 앗아가기도 했으며, 또 다른 누군가의 마음에서는 불덩어리가 되었습니다. 그 불덩어리를 안고 사는 그녀들의 짧은 생각과 행동이 안타까웠고, 그로 인해 큰 상처를 받은 이들도 안타깝기만 합니다.

대한민국에서 내로라하는 유명한 강사님과 합창단원 40여명이 타인의 몸과 마음에 불덩이를 던지고 뒤늦게야 잘못을 반성하고 있는 25명의 여인들을 위해 가을 햇살만큼 따사로운 자리를 마련했습니다. 이전을 앞둔 좁고 낡은 2층 교회당에서 강사님은 자신의 상처와 성장통, 그리고 기쁨과 나눔의 행복을 전달합니다. 합창단원들은 강의 내용에 어울리는 노래들을 독창, 중창, 합창으로 불렀습니다.

마지막엔 어느 멋진 시월을 모두 함께 노래했습니다. 강사님도, 합창단원들도, 그녀들도 울컥거리는 감동을 억누르지 못했습니다. 행사를 진행하던 저도 목울대까지 올라오는 무언가 때문에 말을 잇기 어려웠습니다.

시월의 마지막 날, 높은 담장 너머 2층 강당에선 피아노 반주에 맞춰 가을이 노래하고 있었습니다.

*뭉클뭉클: 어떤 감정이 복받쳐 올라 가슴속에 자꾸 가득 차 넘치는 모양

시월의
마지막 날
높은 담장을 넘어오는
뭉클뭉클한
가을 노래

'뭉클뭉클' 중에서

그득그득 🌷

"저 감사일기 다시 쓸래요. 제가 제일 많이 변화하고 성장했던 때가 그곳에서 감사일기 쓰던 때였던 것 같아요."

그녀는 가장 절망적인 순간 그곳에서 오히려 더 성장할 수 있었다고 합니다. 세상 모든 것이 불만투성이었던 그녀가 웃을 수 있었던 것은 '누군가의 지지'와 '매일 감사하기' 숙제였습니다. 그녀에게 관심이 가기 시작하던 때, 관심받고 싶어 하던 그녀에게 '매일 5가지 감사일기 쓰기' 숙제를 주었습니다. '매일 일과를 마치고 그날그날 감사한 것들을 생각하며 편안하게 잠들기'였습니다.

처음엔 남자수용자 인성교육 숙제로 시작했는데 한 달쯤 지켜보니 진정성 있게 그 숙제를 한 사람들의 얼굴과 행동에서 결과물을 볼 수 있었습니다. 세상에서 가장 어둡고, 힘들고, 불편한 곳에서 회복탄력성을 향상시키는 가장 좋은 방법은 감사일기를 통해 자신을 돌아보고 긍정관점으로 전환하는 것이었습니다. 자연스레 글쓰기 치유가 되고, 누군가와 긍정 관계가 형성되며 나아지는 자신을 볼 수 있으니까요.

코칭수업에서 '마음일기 공유하기'를 했습니다. 저는 매일 '감사일기', '마음일기'에 보태어 자기 '칭찬일기'를 추가했습니다. 그렇게 관계 맺고 싶은 이들과 함께하며 오늘도 서로를 알아가고, 공감하고, 닮아가고자 노력하고 있습니다.

*그득그득: 분량이나 수효 따위가 어떤 범위나 한도에 여럿이 다 또는 몹시 꽉 찬 모양

오늘도
서로를 알아가고,
공감하고,
닮아가고자~
노력하고 있습니다~

'그득그득' 중에서

홀랑홀랑 🌷

특별한 내 습관 중 하나는 누군가 만나 선뜻 기억나지 않을 때는 상대방이 어떤 옷을 입고 만났는지를 더듬어 보곤 합니다. 그러다 보면 담 안의 인연이 담 밖에서 만나게 될 때도 있고, 담 밖의 인연을 담 안에서 만나게 되는 경우도 있습니다.

직장 근처에서 후배 직원을 마주쳤습니다. 인사를 하려는데 그냥 스치고 지나갑니다. 순간 당황했습니다. '그동안 인사를 나눈 것은 서로의 존재가 아니라 제복과 계급장이었나?'

나무는 봄이면 새순으로, 여름이면 꽃으로, 가을이면 단풍과 열매로 자신을 단장하고 있다가 겨울이면 자신을 가리고 있던 옷을 벗어 던지고 발가벗은 채 겨울을 맞이합니다. 그리고 다시 봄을 기다립니다. 발가벗은 채 자신을 돌아보는 그 시간이 새봄 더 파릇파릇한 싹을 틔우게 되나 봅니다.

혹시 누군가와의 관계가 진정한 나 자신으로 만나는 것인지, 치장된 모습에 의한 관계인지 다시 한번 돌아봐야겠습니다.

*홀랑홀랑: 여럿이 다 또는 잇따라 속의 것이 한꺼번에 드러나도록
완전히 벗어지거나 뒤집히는 모양

자신을
돌아보는
그시간이새봄더
파릇파릇한
싹을틔우게
합니다ㅡ

'홀랑홀랑' 중에서.

나긋나긋 🌸

    난생처음 네 자매가 동남아 여행을 갔을 때입니다. 여행사의 추천으로 우리는 최고급 마사지를 신청했습니다. 그곳은 고객을 맞이하는 공간도 고급스럽고 정갈했고 내어주는 차 한 잔도 따뜻하고 고왔습니다. 각각 배정된 방에 들어가자 마사지사도 따뜻한 미소로 공손하게 맞이해 주었습니다.

    족욕을 하며 부드러운 미소로 라포를 형성하고, 살아있는 꽃잎이 둥둥 떠 있는 황홀한 반신욕을 즐기고 나면 정성스럽게 스크럽을 해주고 뜨거운 돌 마사지로 마무리 하는 과정이었습니다. 섬에서 올라온 언니는 여행가이드의 의견을 무시하고 마사지사에게 팁을 넉넉히 챙겨주었습니다. 누군가에게 몸과 마음을 다해 존중받은 경험은 소금처럼 짠 언니의 주머니를 열게 했습니다.

    가끔 낯선 이름으로부터 편지를 받습니다. 그들 역시 짧은 시간의 인연으로 기억하지 못할지도 모른다는 걸 알면서도 고마움을 전하고 싶어합니다. 사연의 공통점은 재판 중 예상치 못한 구속으로 세상의 끝에 서 있는 심정이었을 때 따뜻한 미소로 자기들의 이야기를 들어주고 수용생활 안내를 해주었다고 합니다.

    모든 사람은 존중받기를 원합니다. 그리고 존중받을 때 자존감이 높아지고 또 행복해집니다. 우리는 지금 어떻게 나와 타인을 존중하면 좋을까요?

                                    *나긋나긋: 사람을 대하는 태도가 상냥하고 부드러운 모양

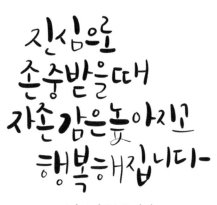

진심으로
손중받을때
자존감은높아지고
행복해집니다~

'나긋나긋' 중에서

와르르 🌷

    어떤 시인은 자신의 고향에 돌아가 기울어진 담을 허물고 삐걱거리는 대문을 떼어내고 나니, 눈이 시원해지며 담장 주변이 온통 자신의 소유가 되어 결국 큰 고을 영주가 되었다고 합니다. 물론 시의 한 대목이지만 그저 그 시를 보는 것만으로도 내 눈과 가슴이 시원해졌습니다.

    시인은 고작 낡은 담 하나 허물어 한 고을의 영주가 되었는데 누군가를 향한 내 마음의 담은 어떻게 허물 수 있을까요?

매일 매일 한 뼘씩 기어올라 가볼까요?
큰 망치로 두드리면 될까요?
아! 생각해보니,
내 앞에 가로놓인 콘크리트 담보다
내 마음속 담장이 더 높네요.
내 마음의 담장은 기어서도 넘어갈 수 없고
망치로 깨부순다 해도 허물어뜨릴 수 없네요.
내 마음속 담장을 와르르 무너뜨릴 수 있는 방법은 무얼까요?

*와르르: 쌓여있던 단단한 물건들이 갑자기 야단스럽게 무너지는 모양

188 _____

내 마음속
담장을
와르르
무너뜨릴수
있는방법은
무얼까요?

'와르르' 중에서

아물아물 🌷

　어느 봉사 모임에서 임종을 앞둔 환자들을 위해 특히 청각을 만족시킬 수 있는 프로그램을 준비해 호스피스 병동을 방문하기 시작했습니다. 그곳에서 만난 환우들은 더 건강한 모습으로 살지 못한 아쉬움으로 그저 하루하루를 살아가고 있었습니다.

　봉사자들은 조심스레 병실을 방문해 기도드리고 조용히 색소폰을 연주하곤 합니다. 간혹 듣고 싶은 노래가 있는지 여쭙지만 어르신들은 관심 없는 것처럼, 또 때론 애써 외면하기도 했지만 봉사자들은 어르신들이 좋아할 노래들, 특히 그분들이 젊었을 때 유행했던 노래들을 조용히 연주하곤 했습니다.

　어느 날 한 어르신이 색소폰연주자를 향해 손짓하여 다가가니 들릴 듯 말 듯 신청곡을 말씀하셨습니다. 그리곤 자신의 침대 등 부분을 약간 세워주길 요청하셨습니다. 어르신은 자신이 가장 건강하고 행복했던 때 즐겨 듣던 노래를 들으며 편안히 눈을 감으셨고, 연주자는 어르신이 저세상 아름다운 들판에 도착할 무렵 연주를 멈췄습니다.

　그 후 봉사자들이 병동을 방문할 때면 몇몇 어르신으로부터 신청곡을 받곤 했습니다. 연주자는 어르신들이 젊은 시절 DJ에게 애청곡을 신청하며 설레던 그때의 행복한 시절을 선물로 마지막 배웅을 해드렸습니다.

*아물아물: 정신이 자꾸 희미해지는 모양

젊은시절
설레며듣던
애청곡으로
마지막배웅을
해드렸습니다ㅡ

'아물아물' 중에서

조근조근 🌸

100세를 넘기고 나니 컴퓨터가 숫자를 인식하지 못해 두 살이 되었다며 밝게 웃으시는 김형석 교수님 모습은 아이처럼 순수하고 평안해 보이셨고, 강의나 인터뷰를 하실 때도 사랑하는 마음이 전해져 편안한 느낌입니다. 마치 자녀나 후배들을 앉혀놓고 조근조근 말씀해주시는 듯합니다.

그분은 '행복하고 싶은데 행복해질 수 없는 사람들'은 '정신적 가치를 알지 못하는 사람과 이기적인 사람'이라고, 물질이나 권력 등에 행복감을 주는 '만족' 대신 '소유욕'만 채울 수 있기 때문이라 하셨습니다. 자신만을 위해 사는 이기주의자는 인간관계에서 나오는 선한 가치인 '인격'을 갖추기 어렵다고 하시며, 인격이라는 그릇엔 행복을 담는데, 이기주의자의 그릇은 작아서 많은 행복을 담을 수가 없다고 하십니다.

이기적인 것과 자기를 사랑하는 삶은 구분되어야 한다고 생각합니다. 진정으로 자기를 사랑하는 사람은 자기를 사랑하는 것만큼 타인도 사랑하는 사람입니다.

많은 이들은 타인에게 도움을 주고, 누군가를 위기에서 구해주는 사람들을 우러러보고 칭찬하고 박수를 보냅니다. 우리도 지금부터 내 삶의 미션을 나만 '높은 자리에서 돈 많이 벌어 좋은 집에서 사는 것'이 아니라 '내 이웃과 함께 행복하게 살아보는 것'으로 바꿔보는 건 어떨까요?

*조근조근: 낮은 목소리로 자세하게 이야기를 하는 모양. 전남지방 방언

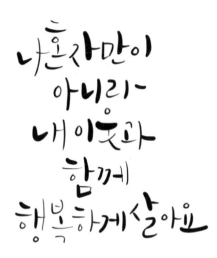

나혼자만이
아니라
내이웃과
함께
행복하게살아요

'조근조근' 중에서

5장

·

환절기

어우렁더우렁 🌸

아프리카의 한 마을에서 선교사는 활동 중에 아이들에게 달리기 시합을 시켰습니다. 1등하는 아이에게 바구니의 사탕을 모두 주기로 했습니다. 그런데 아이들이 함께 손을 잡고 달려오고 있었습니다. 뜻밖의 상황에 놀란 선교사의 질문에 아이는 대답했습니다.

"다른 친구들이 슬퍼하는데 어떻게 혼자 맛있게 먹으며 행복해 할 수 있어요?"

좁은 교육실에 우락부락한 문신을 한 남자 수용자 스무 명이 두 팔을 들고 옆 사람과 깍지를 낀 채 20분간 버티고 서 있습니다. 한 사람이 팔을 내리면 그 동그라미는 한꺼번에 와르르 무너집니다. 진행자는 모두 힘을 내어 끝까지 해낼 수 있도록 응원하고, 교육생들은 전신을 비틀며 이겨내고 있습니다. 그동안 자기만 생각하고 살아왔던 삶에서 '우리 함께 살아가는 것'을 온몸으로 느껴보도록 했습니다. 결국 모두 버텨냈고 이겨냈습니다.

우분투Ubuntu는 '사람다움'을 뜻하는데 '우리가 있기에 내가 있다 I am because We Are'는 뜻도 담겨 있다고 합니다. 사람인(人)도 인간은 혼자서는 살 수 없기 때문에 두 사람이 기대고 있는 모양을 딴 상형문자입니다. 사람답게 산다는 것은 혼자가 아니라 함께 더불어 살아감을 의미한다고 합니다.

지금 당신 옆에 따뜻한 손길이 필요한 사람은 누굴까요?

*어우렁더우렁: 여러 사람들과 어울려 들떠서 지내는 모양

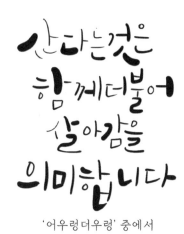

산다는것은
함께더불어
살아감을
의미합니다

'어우렁더우렁' 중에서

덩실덩실 🌿

　무용가를 꿈꾸던 소녀는 신문 배달을 하고 그 돈으로 레슨을 받고 전공하게 되었습니다. 세련된 테크닉이 돋보이는 화려한 무대에서 때론 나비처럼, 때로는 우아한 학처럼 날아보았지만 외로웠습니다. 그녀는 무대 위에서 홀로 빛나는 발레리나보다 많은 이들과 손잡고 춤추고 싶었습니다.

　그래서 그녀는 바람이 불면 바람과 함께
　꽃이 피면 꽃과 함께
　햇살이 눈부실 땐 그 햇살을 안고 춤을 추었습니다.

　말기 암 투병 중인 여인은 난생처음 자신의 몸짓을 통해 문득 살아보고 싶어졌고, 한 여인은 가족과 타인들에게 받아 덕지덕지 들러붙어 있는 응어리를 눈물 춤으로 씻어버렸습니다. 수용자는 불법과 비난으로 똘똘 뭉친 자신의 과거를 털어내 새로운 에너지를 채웠고, 딱딱한 제복에 갇혀 있던 한 남자는 자유와 표현의 욕구를 끄집어냈습니다. 많은 이들이 누구에게도 털어내지 못했던 자신만의 과거를 비우고, 아픔을 덜어내고 다시 기쁨으로 채웠습니다.

　아스팔트도 겨울 바다도 맨발로 만났고 아픈 사람, 미운 사람, 예쁜 사람 모두모두 손에 손 잡고 춤을 추었습니다. 혼자서 빛나는 춤이 아니라 함께 행복하기 위한 춤을 추었습니다.

*덩실덩실: 신이 나서 팔다리를 즐겁게 자꾸 놀리며 춤을 추는 모양

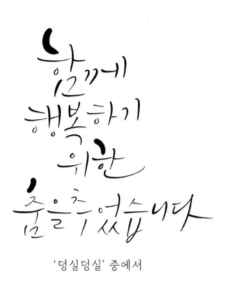

함께
행복하기
위한
춤을 추었습니다

'덩실덩실' 중에서

꾸깃꾸깃 🌿

너무 화가 난 그녀는 만 원짜리 지폐를 꾸깃꾸깃 구겨서 땅바닥에 던졌습니다. '아니 만 원이면 라면이 몇 개인데 아깝게 저 돈을 버려?'

하루하루 끼니를 잇기 어려운 이들에게 큰 힘이 될 이 지폐를 구겨서 내팽개치고, 그래도 분이 풀리지 않아 다시 그 지폐를 주워 갈기갈기 찢었습니다.

여러분이라면 이 지폐를 어떻게 하시겠어요?

그냥 쓰레기로 버리실 건가요?

화가 좀 가라앉고 나면 요리조리 펴고, 붙여서 사용할 수 있지 않을까요?

혹시 주변에 불의의 사고로 장애를 입은 분은 없을까요?

혹시 한 번의 잘못된 판단과 실수로 전과자가 된 사람은 없나요?

구겨진다고, 찢어진다고 그 돈의 가치가 사라지지 않는 것처럼 장애가 있다고, 전과가 있다는 이유로 본래 그 사람의 가치가 소멸되는 것은 아닙니다. 손으로 쫙쫙 펴고, 풀로 붙이면 본래의 지폐가 되듯이, 상처는 치료하고, 생각과 행동을 새로이 하면 건강한 한 사람이 될 수 있습니다.

모든 사람은 어떠한 경우라도, 사람이라는 그 자체만으로도 충분히 존중받아야 마땅하니까요.

*꾸깃꾸깃: 구김살이 생기게 자꾸 함부로 구기는 모양

모든사람은
그자체만으로도
충분히존중받아
마땅하니까요

'꾸깃꾸깃' 중에서

지긋지긋 🌷

　높은 담장을 넘어 또 다른 담장과 철문을 지나 여수용동 문 앞에 하얀 고무신이 가지런히 놓여 있습니다. 어떤 이는 이른 아침이면 회색 수의를 단정히 입고 참선을 합니다. 낮엔 수용거실의 낮은 책상에서 사경을 하고 염불을 외기도 합니다.

　선방에선 많은 비구니 스님들이 수행을 하고 있습니다. 그 댓돌 위에 여름엔 고무신, 가을엔 털신이 놓여 있고, 새벽이면 회색 승복에 가사장삼을 걸치고 예불을 드립니다. 낮엔 독송을 하거나 경전 공부를 합니다.

　비슷한 공간에 비슷한 옷을 입고 비슷한 공부를 합니다. 하지만 한 사람은 스스로 선택한 구도를 위한 수행의 길이고, 다른 사람은 많은 이들의 비난을 받으며 더 이상 도망갈 수 없는 낭떠러지 같은 곳입니다. 그 장소에 오게 된 이유는 다르지만 오랜 시간 깊은 자기성찰과 참된 수행이 함께 한다면 회색 수의를 입은 그 사람도 참 나를 찾을 수 있지 않을까요?

*지긋지긋: 계속하여 조용히 참고 견디는 모양

높은담장을넘어
수용동앞에
하얀고무신이
가지런히
놓여있습니다

'지긋지긋' 중에서

우락부락 🌸

얼굴이 곱상하고 사슴처럼 눈이 고운 청년이 있었습니다. 하지만 그 청년의 등과 팔, 다리는 야생동물들의 사냥터를 방불케 했습니다. 온 몸은 푸르딩딩, 알록달록, 우락부락한 문신으로 가득했습니다.

집단상담을 하며 각자 좋아하는 색과 싫어하는 색을 고르고 그 색을 선택한 이유를 나눴습니다. 그 청년이 가장 싫어하는 색은 핑크색이라 했습니다. 그 이유는 '여자 같아서'였습니다.

좀 있어 보이기 위해서 짝퉁 명품 가방을 사고, 예뻐 보이기 위해 성형을 하고, 남자다워 보이기 위해 우락부락한 문신을 합니다. 이렇게 보이기 위해, 저렇게 보이기 위해, 그렇게 살다보면 진짜 나는 어디 있을까요?

한때 권력처럼 보였던 문신을 지우고, 얼굴을 덮고 있는 가면과 내 마음을 덮고 있던 거짓을 벗고, 그냥 '나'로 당당하게 살았으면 좋겠습니다.

*우락부락: 몸집이 크고 얼굴이 험상궂게 생긴 모양

그냥 나로
당당하게
살았으면
좋겠습니다~

'우락부락'중에서

따끈따끈

높은 담장을 지나 여러 개의 철문을 지나면 내가 살았던 감방이 있습니다. 어둠이 내리고 쇠창살 사이로 하얀 눈이 소담스럽게 내리던 날, 감시대 불빛에 나풀나풀 춤추는 눈꽃 따라 깜깜한 퇴근길 나를 위해 따끈한 붕어빵을 사 오시던 우리 아빠도 생각납니다.

따끈따끈, 바삭바삭한 추억 속의 붕어빵을 호호 불며 맛있게 먹고 있던 그때, 앙금과 붕어 지느러미가 달라붙어 형체를 알아볼 수 없는 붕어빵이 한 마리씩 배달되었습니다. 우리 주임님 품속에서 몰래 숨어오느라 붕어죽이 되었지만 아직 희미하게 온기가 남아 있습니다.

우리 주임님의 온전한 붕어빵을 선물하지 못했던 아쉬움은, 20년이 지난 후 붕어의 비늘이 온전히 살아 숨 쉬고 따끈따끈하고 오동통한 모습의 대붕붕어빵이 되어 다시 배달되었습니다.

나는 출소 후 어느 저녁 퇴근길 붕어빵 노점을 물끄러미 바라만 봅니다. 맛 볼 수 없는 곳에서 눈물과 함께 먹었던 붕어빵이 생각나 도저히 살 수 없어 그저 바라만 봅니다.

*따끈따끈: 매우 따뜻하고 더운 느낌

눈물로삼킨
붕어빵

'따끈따끈' 중에서

도란도란 🌷

　교도소 독방에서 혼자 중얼거리고 때론 누군가와 다정하게 대화를 하는가 하면, 고성을 지르며 삿대질을 하던 여인이 있었습니다. 전 그녀의 상담자로 지정이 되었지만 쉽사리 상담을 시도하지 못했습니다. 그 무렵 기물을 파손하고 자해를 시도하여 보호장비를 사용하여 별도의 공간으로 옮겨진 그녀의 보호장비를 풀어주고 다시 채우는 것도 제 몫이었습니다.

　비록 보호장비 사용을 위해서였지만 문 하나를 사이에 두고 보기만 하던 때와 달리 서로의 체온과 대화가 오고 갔습니다. 며칠 후 다소 진정된 그녀는 본래의 거실로 이동했고 점검 때면 창살 너머로 미소를 선물하곤 했습니다.

　드디어 상담을 시도했습니다. 상담을 위해 마주 앉자 직원들은 상담실 주변을 서성입니다. 그런 외부 환경은 무시한 채 망상이 심하고 폭력적인 정신질환 수용자와 교도관이 아니라 같은 시대를 살아가는 두 여인으로, 오랜만에 만난 동무 마냥 손을 잡고 차 한 잔 마시며 도란도란 이야기꽃을 피웠습니다.

　12년 만에 처음 누군가와 마주 앉아 대화를 나눴다는 그녀는 가족들의 외면과 오랜 노숙 생활, 정신질환에도 가족들의 이름과 전화번호는 잊지 않고 있었습니다.

*도란도란: 여럿이 나직한 목소리로 서로 정답게 이야기하는 모양

그대는
가족들의
이름과~
전화번호는
잊지않고
있었습니다~

'도란도란' 중에서

오순도순 🌸

어떤 아버지는 섬마을에서 아들을 위해 전복을 정성스레 담아 오셨습니다. 아들이 즐겨 먹었던 음식이기도 하고 또 힘을 내길 바라는 마음이 담겨 있었습니다. 어떤 아버지는 자신이 할 수 있는 유일한 요리이자 딸아이가 어렸을 적 좋아했던 계란프라이를 해오셨습니다. 전복이랑 계란프라이는 그 사람을 위한 가족들의 사랑을 가득 담은 음식이어서 특별했습니다.

아빠의 손목에 수갑이 채워지는 걸 목격했던 아들은 오늘은 학교 대신 아빠를 만나러 교도소로 가고, 또 한 아이는 태어나서 처음 아빠 품에 안기러 교도소로 갑니다.

혼자서 아이들 키우며 생활전선에 뛰어들어 수척해진 아내를 남편은 말없이 그저 안아줍니다. 자신의 잘못으로 온 가족이 고통스럽고 그 고통을 혼자 온몸으로 오롯이 이겨내고 있는 아내가 미안하고 고맙습니다. 오랫동안 창살 너머로만 볼 수 있었던 가족이 함께 손잡고 밥을 먹고 서로를 향한 편지도, 신나는 게임도 끝나고 아쉬운 작별의 시간입니다.

그동안 오해로 외면했던 딸은 손수 만든 카네이션을 아빠 가슴에 달아주고, 귀여운 아들은 조금이라도 아빠의 체온을 담고 싶어 의자에 올라서 볼에 뽀뽀하고 다음에 또 아빠를 보러 오기 위해 학교 잘 다니겠다고 합니다.

다음엔 이 가족들이 담장 없이 한집에서 오순도순 살아가길 기원합니다.

*오순도순: 정답게 이야기하거나 의좋게 지내는 모양

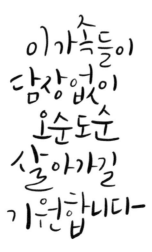

이 가족들이
담장없이
오순도순
살아가길
기원합니다─

'오순도순' 중에서

몽글몽글 🌰

설이 다가오면 엄마는 두부를 해야 한다며 바닷가 그 웅덩이에 고인 간수를 떠오라 하십니다. 간수는 밀물과 썰물이 조금씩 조금씩 차고 넘치기를 반복하는 과정에서 두부 만들기에 적당한 소금기가 됩니다.

엄마는 불려놓은 콩을 맷돌에 드르륵드르륵 갈고 계십니다. 무쇠 솥에 군불을 지펴 콩물을 넣고 바닥에 눌러 붙지 않도록 큰 나무주걱으로 저어줍니다. 아궁이 연기인지 수증기인지 모를 뿌연 안개 같은 녀석들을 휘휘 젓다가 콩물이 적당하게 끓었을 때, 깨끗한 간수를 넣고 저어주면 그때 몽글몽글 순두부가 탄생합니다. 순두부를 네모난 틀 위에 깨끗한 천을 깔고 부어 서서히 물기가 빠지게 눌러놓으면 드디어 우리가 기다리던 부드럽고 구수한 두부가 완성됩니다.

대부분 출소자들이 처음 먹는 음식은 두부입니다. 형기를 마치고 출소하는 이에게 가족들은 김이 모락모락 나는 하얀 두부를 들고 기다립니다. 두부는 부드럽고 담백하고 영양가가 높아 세상에 편안하게 적응하기 위한 과도기적인 음식인 듯합니다.

부디! 세상과 자신에 대한 분노와 절망이 정제된 바닷물과 단백질이 풍부한 콩을 만나, 몽글몽글 부드럽고, 희고 단단한 두부가 되어 몸과 마음이 건강한 한 사람으로 살아가길 기원합니다.

*몽글몽글: 덩이진 물건이 말랑말랑하고 몹시 매끄러운 느낌

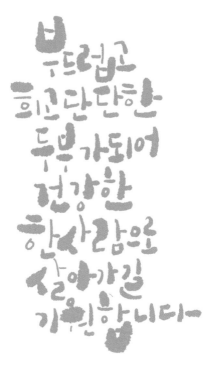

부드럽고
희고단단한
두부가되어
건강한
한사람으로
살아가길
기원합니다~

'몽글몽글' 중에서

daruk

바르작바르작 🌸

철없는 엄마는 세상이 제 뜻대로 되는 게 없다며 향락과 마약에 의존해 살았습니다. 그런데 두 딸에게 단지 이름으로만 존재했었던 그 엄마마저 사라졌습니다. 어린 딸들 주위에 도움을 주려는 어른은 보이지 않고, 오히려 마약의 소굴로 유혹하는 손길만 다가왔습니다.

철없던 엄마는 마약이 단절된 교도소에서야 정신이 들었습니다. 아무도 돌봐줄 이 없이, 오히려 동료 마약범들에게 노출되어있는 딸들 때문에 하루하루 고통스러웠습니다. 불안한 엄마는 다른 수용자들과 싸우기도 하고, 죄책감에 몸부림을 치며 아이들을 살려달라고 여기저기 호소했습니다.

죽으란 법은 없나봅니다. 체포하던 경찰관과 담당하던 교도관과 관련 단체가 딸들을 돕기 시작했습니다. 작은 도움에 두 딸도 조금씩 힘을 내어 엄마를 찾아오기 시작했고, 엄마는 그런 딸들 덕분에 다시 안정을 되찾고 지난 시간을 반성하며 그렇게 몇 해를 보냈습니다.

드디어 세 모녀가 만났습니다. 엄마는 딸들에게 부끄럽지 않은 엄마가 되겠다고 마음먹고 새로운 삶을 위해 노력하지만 당장 단칸방에서 살아가기가 쉽지는 않습니다. 몇 번이고 검은 돈과 향락이 손을 내밀지만 딸들과의 약속을 지키기 위해, 자신의 성장을 위해 오늘도 학원에 갑니다.

*바르작바르작: 고통스러운 일이나 어려운 고비를 벗어나려고 팔다리를 내저으며 자꾸 작은 몸을 움직이는 모양

당신과의
약속을 지키기 위해
오늘도 한 걸음
내딛습니다-

'바르작바르작' 중에서

아슴아슴 🌷

　오랜 시간 머물렀던 직장 뒤는 수락산이, 길 아래쪽엔 논이 있고 진입로는 플라타너스라 불리는 양버즘나무가 터널을 이루고 있습니다. 이 길은 마치 김현승 시인이 말하는 '아름다운 별과 나의 사랑하는 창이 열린 길'처럼 멋진 길입니다. 그렇지만 아이러니하게도 그 아름다운 길 끝자락에 교도소가 있습니다.

　이른 봄 플라타너스 잎들이 손바닥 만큼 자랄 무렵이면 나무 사이사이에 연등 불빛이 컴컴한 봄밤의 운치를 더해 연인들의 멋진 데이트 코스가 됩니다. 이런 봄밤의 멋스러움과 달리 동틀 무렵부터 시작된 꽃가루는 우리 몸의 여러 감각들을 불편하게 합니다. 코는 간질거리고, 재채기로 눈물이 나고, 희뿌연 꽃가루들로 정신까지 혼미해집니다. 플라타너스 꽃가루가 수그러들 무렵엔 보드랍고 고운 송홧가루가 또 한 몫을 하고, 이 큰 나무들을 피해 논길로 나오면 땅바닥에 납작 엎드린 민들레 홀씨가 한 번 더 아슴아슴 취하게 합니다.

　담장 안 식구들은 언제쯤 몽롱한 마음의 꽃가루 터널에서 벗어날 수 있을까요? 납작한 플라타너스 이파리가 노릇노릇 물들고, 동글딱딱한 열매로 꿀밤 한 대 맞고 나면 정신이 반짝 날까요?

　저는 그들이 꽃가루 같은 길을 지나 자기 삶의 멋진 주인공이 되기를 기원합니다.

*아슴아슴: 정신이 흐릿하고 몽롱한 모양

자기삶에
멋진주인공이
되기를
기원합니다ー

'아슴아슴' 중에서

더더귀더더귀 🌸

서울 중심가 빌딩 숲에 명품 소나무가 있습니다. 자세히 보니 그 나무는 유난히 많은 솔방울을 매달고 있습니다. 지나가는 사람들은 다닥다닥 달린 솔방울을 보며,

"어머, 저기 솔방울 좀 봐. 너무 귀여운 걸"

"어머, 예쁘다"라며 많은 솔방울을 매달고 있는 소나무를 기특한 눈으로 바라보며 지나갑니다.

소나무도 같은 마음일까요?

덩치에 맞지 않게 무거운 걸 매달고 있느라 힘들어 보이진 않은가요?

옛날 어르신들은 건조한 겨울엔 솔방울을 적셔 천연 가습기로도 활용했다고 합니다, 소나무는 소음과 매연으로 메말라가는 도시를 방울방울 솔방울로 막아내려 애쓴 듯 합니다. '이젠 지쳤어. 점점 기운이 떨어지는 걸 보면 언제 죽을지 모르겠으니 죽기 전에 자손이라도 남겨야겠어.'라는 마음으로 오늘도 있는 힘을 다해 솔방울을 만들고 있습니다.

간혹 나무도 사람도 이럴 때가 있습니다. 그럴 땐 우리의 생각으로 판단하기보다

"왜 그랬을까?"

"괜찮니?"라고 살펴주면 좋겠습니다.

*더더귀더더귀: 자그마한 것들이 곳곳에 많이 붙어 있는 모양. 더덕더덕의 본말

"괜찮아~?" 라고
살펴주면
좋겠습니다~

'더더귀더더귀' 중에서

성큼성큼 🌷

어떤 강연에서 임옥상 화백님의 '하나 됨을 위하여'라는 그림을 보았습니다. 잠깐 스치듯 본 그림이고 오랜 시간이 지났음에도 지금도 선명하게 기억이 납니다.

진달래가 피어있는 어느 봄날 하얀 두루마기를 입은 키 큰 남자가 철조망을 성큼성큼 넘고 있는 모습이었습니다. 그림 속 주인공인 하얀 두루마기 입은 분은 문익환 목사님이었습니다. 분단의 상징인 철조망은 목사님의 무릎 높이 밖에 되지 않아 거뜬히 그 철조망을 넘을 수 있었습니다.

제가 알고 있고 또 생각하는 분단의 상징인 철조망은 경계가 삼엄할 뿐만 아니라 뾰족뾰족한 가시가 촘촘하게 있고 그 주변엔 지뢰까지 묻혀 있어, 그것을 넘는다는 건 불가능하다고 생각했었습니다.

그런데 비록 그림에서지만 그까짓 철조망을 훌쩍 넘어 성큼성큼 걸어가서 악수하고 포옹하면 그냥 통일이 되어버릴 것 같은 느낌이었습니다. 누군가의 지독한 염원으로 그려진 그림이지만 우리의 소망이 곧 현실이 되길 간절히 바래봅니다.

*성큼성큼: 다리를 잇따라 높이 들어 크게 떼어 놓는 모양

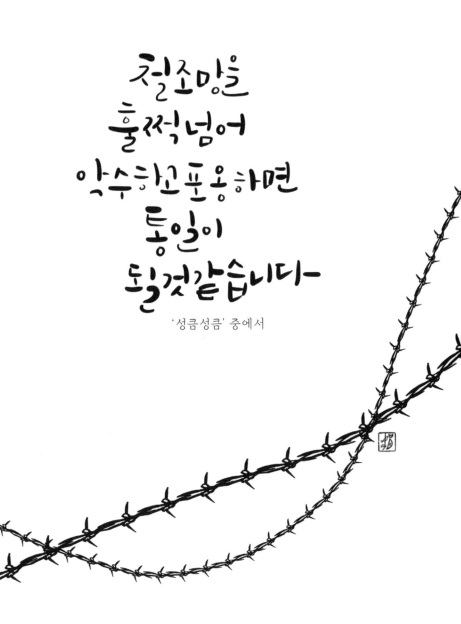

철조망을
훌쩍 넘어
악수하고 포옹하면
통일이
될것 같습니다

'성큼성큼' 중에서

알쏭달쏭 🌿

　자기 몸에 반 정도나 되는 검은 빗자루 모양 꼬리를 치켜세우고 이 나무에서 저 나무 가지 사이를 날렵하게 뛰어놀고 있습니다. 그러다 낯선 발걸음 소리가 들리면 정지 화면처럼 멈추고 침입자인지 살펴봅니다. 나는 누구일까요?

　설악산 울산바위를 올라가다 바위틈에서 열심히 잣 열매를 까고 있는 청설모를 발견했습니다. 장난삼아 잣송이를 툭 쳐서 열매가 경사진 바위를 따라 떼굴떼굴 굴러가는데 청설모는 구르는 속도보다 더 빨리 뛰어 내려갑니다. 절대 먹이를 놓칠 수 없다는 눈빛과 몸짓입니다. 이 상황을 쪼그리고 앉아 지켜보고 있는 우리 옆을 지나가던 분들이 소곤댑니다.

　"다람쥐가 공해 때문에 저렇게 까맣게 변한 거래."

　가끔 알쏭달쏭 비슷한 식물이나 동물들이 있습니다. 사실 다람쥐는 줄무늬가 있고 주로 땅에서 더 많은 시간을 보내고, 청설모는 주로 검은 회색에 몸 안쪽 부분이 하얗고 대부분 나무에서 서식합니다. 비슷해 보이지만 서로 다른 동물인거죠. 하지만 공해로 다람쥐가 청설모가 되었다는 그 이야기는 그냥 흘려들을 수는 없습니다. 공존보다는 독존을 위해 환경을 난개발하며 생태계도 파괴되고 있으니까요.

　*알쏭달쏭: 그런 것 같기도 하고 그렇지 않은 것 같기도 하여 얼른 분간이 안 되는 모양

나는
누구일까요?

'알쏭달쏭' 중에서

우꾼우꾼 🌷

　우리 직업의 발달과정과 진로자원을 찾기 위해 고구려로 갔습니다. 너무 까마득해서 어디서, 어떻게 찾아야 하는지 막막했지만 그 현장에 가면 무언가 느낌이 오지 않을까 기대하며 걸었습니다. 구석구석 발품을 팔아도 보이지 않은 우리의 지난 시간들이 아쉬웠습니다. 발해의 유적지와 광개토대왕의 기운을 받으면 더 힘이 날까 했지만 안타까움만 안고 다시 백두산으로 달렸습니다.

　서파의 1442계단을 올랐지만 기대했던 천지는 짙은 안개 속에 숨어 보이지 않고, 거센 바람이 내 모자를 뺏어 천지에 날려 보냈습니다. 못내 아쉬워 돌아서는 길 살짝 보여준 맛보기는 다시 북파로 달려가기에 충분했습니다. 북파 구간 전용 봉고차를 타고 꼬불꼬불 올라갔습니다. 정상 가까이 다가가니 자갈들 사이로 듬성듬성 풀꽃들만 겨우 생명을 유지하고 있었습니다. 그 풀꽃도 우리 동네에서 봄직한 낯익은 것들이라 반갑고 정겨웠습니다.

　고요한 줄만 알았던 그 길에서 천지로 가는 길은 바람이 어찌나 거세던지, 내 몸에 있는 부정과 액운을 모두 씻어내지 않으면 신성한 천지에 갈 수 없다는 듯했습니다. 중학생이던 아들 손을 꼭 잡고 천지 앞에 섰을 때는 나도 모르는 어떤 감정이 울컥 치밀었습니다. 우리 민족의 정기인 그곳에 처음 섰던 날은 8월 15일이었습니다. 이제는 매년 광복절에 백두산 천지에 가면 눈물이 난다던 그분의 마음을 이해할 수 있을 것 같습니다.

*우꾼우꾼: 어떤 기운이 일시에 자꾸 세게 일어나는 모양

백두산
천지처럼
내마음도
우꾼우꾼

'우꾼우꾼' 중에서

휘뚝휘뚝 🌷

까만 뿔테 안경 때문인지 그녀의 얼굴은 더욱 하얗고, 아직 20대 중반이어서인지 피부는 탱탱해 보였습니다. 그 여인은 중형이 예정인데다 돌발 행동을 할 우려가 있다고 판단되어 수갑과 포승을 한 채 법정에 들어갔습니다. 결국 그녀는 항소심 재판에서도 사형을 선고 받았습니다.

"피고인은 미취학 아동을 유괴하여… 법정 최고형인 사형을 선고한다."

선고를 받고 법정을 나오는 그녀의 얼굴은 흑빛이었습니다. 하얗던 얼굴은 한 번도 본 적 없는 거무스름한 낯빛으로 온통 멍든 듯 했고, 몸은 휘뚝휘뚝 위태로웠습니다. 그대로 무너져 내릴듯하여 얼른 팔짱을 끼자 백짓장처럼 가벼운 그녀의 몸이 내게로 확 쏠렸습니다.

그녀의 이름은 '어린이를 유괴하여 살해한 사형수'였습니다. 그래도 사형이 집행되기 전까지는 그녀도 한 생명이었습니다. 무너져 내린 그녀를 끌어안다시피 화장실에 데리고 가서 수갑과 포승을 풀고 그저 말없이 보듬어주었습니다. 내 품에서 온 몸으로 울음을 토해내고 나더니 평소의 하얗고 무표정한 모습으로 돌아왔고 그리고 몇 달 후 그녀는 형장의 이슬로 사라졌습니다.

세상에서 가장 사랑할 만한 사람은 자기 자신이라고 합니다. 진정으로 자신을 사랑하는 사람은 '나도, 남도 함께 사랑하는 사람'입니다.

*휘뚝휘뚝: 넘어질 듯이 자꾸 한쪽으로 쏠리거나 이리저리로 흔들리는 모양

진심을
사랑하는
사람은
'나도'
나도
사랑하는
사람
입니다

'휘뚝휘뚝' 중에서

daruk

홈착홈착 🍃

　넬슨 만델라 대통령은 종신형을 선고 받고 27년간을 복역하면서 침침한 감방 벽에 조지 프레드릭 왓츠의 '희망'이라는 그림을 걸어놓고 자신의 희망의 끈을 놓지 않기 위해 노력했다고 합니다.

　한 여인이 작은 지구 위에 맨발을 하고 붕대로 눈을 가린 채 한 줄 밖에 남지 않은 '리라'라는 악기를 잡고 있습니다. 어두운 밤하늘에 오직 하나의 별이 희미하게 반짝이고 있을 뿐입니다. 그림을 보면 '희망' 보다는 '절망'이라는 생각이 더 강하게 밀려오는데, 화가는 왜 이 작품에 '희망'이라는 제목을 붙였을까요?

　어쩌다 가장 믿고 있었던 사람으로부터 배신을 당해 본 적 있으신가요? 유일한 내 편이 저 세상으로 떠나버린 경험을 한 적 있나요? 아무리 둘러봐도 나를 이해해주는 사람 하나 없고, 나를 위해 손 내밀어주는 이 없어 희망이 절벽이라 생각해본 적 있으신가요?

　왓츠는 눈도 보이지 않는 맨발의 여인에게 아직 남아있는 리라 한 줄과 사방이 어두워진 다음에야 볼 수 있는 별 하나만으로도 희망을 노래하고 있습니다. 문득 앙상한 감나무 가지 끝에 남겨진 빨간 감 한 개에서 '희망'을 보시는 신영복 선생님이 생각납니다.

　　*홈착홈착: 보이지 아니하는데 있는 것을 찾으려고 자꾸 요리조리 더듬어 뒤집는 모양

희망이 절벽이라
생각해
본적 있으신가요...?

'흠착흠착' 중에서

davak

에필로그

꿈틀꿈틀 마음 여행을 떠나며…….

　잠자리를 청하는 늦은 시각, 하루를 잠깐씩 돌아보곤 합니다. 오랜 시간 내 마음이 힘들어도 괜찮은 척하며 타인을 위로했습니다. 돌아보니 '오롯이 나를 만날 수 있는 그 시간에라도 내 마음을 다독여주고 위로해주어야 하지 않을까?' 하는 생각이 듭니다. '그 누군가도 소중하지만 나는 나를 얼마나 귀하게 생각하고 있는 걸까? 내 마음속에 드러내지 못한 감정들이 아물지 않은 상처로 남아있는 건 아닐까?' 하는 생각도 하면서요.

　언제부터인가 한 걸음도 떼지 못할 정도로 지친 날들이 많아졌습니다. 타인에겐 늘 배려하고 위로하는 여유 있는 사람인 척했지만, 자신에게는 냉정하게 판단하고 결론 내리고 혼자 실망하고 쉽게 포기하기도 했습니다. 때때론 그런 모습이 싫어 숨어버리거나 움츠린 채로 멈춰

있던 적도 있었습니다. 그리고는 다시 누군가에겐 '괜찮아. 그 정도쯤이야'라며 아무렇지 않은 척 위로한 적도 있었습니다. 어쩌면 나 하나만의 모습이거나, 우리 안에 숨어있는 나의 모습으로도 종종 만날 수 있었습니다.

'꿈틀꿈틀 마음 여행'을 표현하며, 이런 제 마음을 들여다볼 수 있었습니다. 때때로 지치고 힘들 때 눈앞에 보이는 것이 아닌 막연함으로 용기를 내고 희망을 이야기했던 그 낯섦을, 이제는 조금씩 보여주고 곁에서 이야기하듯 말을 건네고 싶습니다. 작가님이 전해주는 꿈틀거림에 관한 이야기를 담아가며 표현하는 과정은 또 다른 우리에 관한 만남이며 새로운 출발이라는 걸 알게 되었습니다.

글씨와 그림과 의태어에 담긴 모습을 상상하며 함께 꿈틀거리고 움직이길 바라는 마음으로 여행을 준비했습니다. 문득 만난 한 문장이 누구의 조언보다 더 큰 위로가 되고 힘이 된 적이 있듯이, 그렇게 한 문장씩 한 문장씩 내 마음을 위하여 친근하고 평온하게 다가가고 싶습니다. 그런 내가 너에게로, 다시 우리에게로 한 발짝 더 다가갈 수 있기를 희망하면서요.

2021년 6월
권기연

꿈틀꿈틀 마음여행

초판 1쇄 발행 2021년 6월 10일

지은이   장선숙
그림   권기연
발행처   예미
발행인   박진희, 황부현
편집   차영순
디자인   김민정

출판등록 2018년 5월 10일(제2018-000084호)

주소 경기도 고양시 일산서구 중앙로 1568 하성프라자 601호
전화 031)917-7279   **팩스** 031)918-3088
전자우편 yemmibooks@naver.com

ISBN 979-11-89877-54-5   03810